JN401418

깨끗하고 밝은 곳

헤밍웨이 단편선

깨끗하고 밝은 곳

헤밍웨이 단편선

어니스트 헤밍웨이 지음 | 구자언 옮김

더클래식

| 차례 |

깨끗하고 밝은 곳　　　　　　　7
킬리만자로의 눈　　　　　　　18
두 심장을 지닌 큰 강_1부　　　71
두 심장을 지닌 큰 강_2부　　　89
살인 청부업자들　　　　　　　111
어느 다른 나라에서　　　　　　136

작품 해설　　　　　　　　　　150
작가 연보　　　　　　　　　　158

깨끗하고 밝은 곳

 밤이 깊어서 다들 카페를 떠났고, 전등 빛을 받은 나뭇잎 그림자 아래 노인 혼자 앉아 있었다. 낮에는 거리가 먼지투성이였지만, 밤이 되면서 이슬이 먼지를 가라앉혔다. 노인은 늦게까지 앉아 있기를 좋아했다. 지금처럼 밤이 되면 주위가 조용해졌고, 노인은 귀가 들리지 않았지만 낮과 다르다는 것을 느꼈다. 카페 안에 있던 두 웨이터는 노인이 약간 취했다는 것을 알고 있었다. 좋은 손님이지만 너무 술에 취하면 돈을 내지 않고 가 버린다는 것을 알고 있었기 때문에 계속 노인을 지켜보고 있었다.

"저 노인, 지난주에 자살하려고 했대."
한 웨이터가 말했다.
"왜요?"
"절망에 빠져서."
"뭣 때문에요?"
"별것 아닌 일이었겠지."
"별일 아니라는 걸 어떻게 알아요?"
"돈이 많은 노인네니까."
두 웨이터는 카페 문 가까이에 있는, 벽 쪽에 붙은 탁자에 앉아서 함께 테라스를 보고 있었다. 그곳에 놓인 테이블들은 전부 비어 있었고, 바람에 흔들리는 나뭇잎 그림자 아래 노인만 앉아 있었다. 군인과 젊은 여자가 거리를 지나갔다. 가로등 빛에 군인의 옷깃에 달린 놋쇠로 만든 숫자가 반짝였다. 머리에 아무것도 쓰지 않은 여자는 서둘러서 종종걸음으로 군인 옆을 따라갔다.
"경비대에게 붙잡힐 텐데."
한 웨이터가 말했다.
"원하는 걸 얻었다면, 무슨 상관이겠어요."
"이젠 거리에서 벗어나는 게 좋을 텐데. 경비대에게 붙잡힐 테니까. 5분 전에 지나갔어."

　그늘에 앉아 있던 노인이 유리잔으로 받침 접시를 톡톡 두드렸다. 나이가 좀 더 어린 웨이터가 노인에게 갔다.

"뭘 드릴까요?"

노인은 웨이터를 보면서 말했다.

"브랜디 한 잔 더."

"한 잔 더 하시면 취하실 텐데요."

웨이터가 말했다. 노인은 그를 쳐다보았다. 웨이터는 자리를 떴다.

"밤을 새울 작정인가 봐요. 전 이제 졸린데 말이죠. 3시 전에는 잠자리에 든 적이 없다니까요. 저 노인, 지난주에 자살했어야 하는데."

　그가 돌아와서 동료에게 말했다.

　웨이터는 카페 안의 카운터에서 브랜디 병과 다른 접시를 꺼내 든 뒤에, 노인이 앉은 테이블로 뚜벅뚜벅 걸어갔다. 그는 접시를 내려놓고 유리잔 가득 브랜디를 따랐다.

"지난주에 자살하셨어야 했어요."

　그는 귀가 들리지 않는 노인에게 말했다. 노인은 손가락을 움직이면서 말했다.

"좀 더 붓게나."

웨이터는 유리잔에 브랜디를 더 따랐고, 브랜디는 넘쳐서 잔의 가는 손잡이를 따라 흘러, 제일 위에 놓인 받침 접시 위로 흘러내렸다.

"고맙네."

노인이 말했다. 웨이터는 병을 들고, 다시 카페 안으로 들어갔다. 그는 동료와 함께 테이블에 앉았다.

"노인은 이제 취했어요."

그가 말했다.

"매일 밤 취하지."

"왜 자살하려고 했대요?"

"내가 어떻게 알아?"

"어떻게 자살하려고 했죠?"

"목을 맸대."

"누가 줄을 끊었어요?"

"조카딸이."

"줄은 왜 끊었대요?"

"지옥에 갈까 봐 그랬겠지."

"돈을 얼마나 가지고 있어요?"

"정말 많아."

"분명히 여든 살은 된 것 같던데."

"내가 보기에도 그래."

"저 노인이 집에 가 버렸으면 좋겠어요. 3시 전에 잠자리에 든 적이 한 번도 없다니까요. 도대체 3시에 잠자리에 드는 사람이 어디 있어요?"

"저 노인은 밤에 안 자고, 깨어 있는 게 좋아서 저러고 있는 거야."

"저 노인은 외로워서 그런 거죠. 저는 외롭지 않아요. 침대에서 기다리는 아내가 있으니까요."

"저 노인도 전에는 아내가 있었겠지."

"이젠 아내가 있어도 아무 소용이 없겠어요."

"그건 모르는 일이지. 아내가 있으면 더 나을지도 몰라."

"조카가 돌보잖아요. 조카가 줄을 끊었다고 그러지 않았어요?"

"맞아."

"저렇게까지 나이 들고 싶진 않아요. 노인은 더럽고 불쾌하니까."

"항상 그런 것은 아니야. 저 노인은 그래도 깨끗하다고.

술도 흘리지 않고 마시고. 지금처럼 술에 취해도 말이지. 저 노인을 봐."

"별로 보고 싶지 않아요. 집에 얼른 가 버렸으면 좋겠어요. 일하는 사람을 조금도 배려하지 않는다니까."

노인은 유리잔에서 눈을 들어 광장 쪽을 보다가 두 웨이터를 쳐다보았다.

"브랜디 한 잔 더."

유리잔을 가리키면서 노인이 말했다. 마음이 조급한 웨이터가 노인에게 갔다.

"끝."

웨이터는 못 배운 사람들이 외국인이나 술 취한 사람에게 말할 때처럼 문장이 아니라 단어들을 툭툭 내뱉으면서 말했다.

"오늘 밤은 더 안 돼. 문 닫았어."

"한 잔 더."

노인이 말했다.

"안 돼. 끝이야."

웨이터는 행주로 탁자 가장자리를 닦으면서, 고개를 가로저었다.

노인은 일어나서 접시를 천천히 세더니, 호주머니에서 가죽 동전 지갑을 꺼내 술값을 계산하고, 오십 센티모스를 팁으로 놓아두었다.

웨이터는 노인이 길을 따라 내려가는 모습을 보았다. 노인은 비틀거리면서도 점잖게 걸어갔다.

"왜 계속 남아서 술을 마시게 내버려 두지 않았어?"

급할 게 없는 다른 웨이터가 물었다. 두 사람은 셔터를 내리고 있었다.

"아직 2시 반도 안 되었잖아."

"얼른 집에 가서 자고 싶어요."

"한 시간이 뭐 어때서."

"저 노인보다 제겐 한 시간이 더 소중해요."

"누구에게나 한 시간은 똑같지."

"꼭 노인네처럼 말하시네요. 술을 사서 집에서 마실 수도 있잖아요."

"밖에서 마시는 거랑은 다르잖아."

"네, 그건 그래요."

아내와 함께 사는 웨이터도 맞장구를 쳤다. 노인에게 차갑게 대하고 싶었던 것은 아니다. 다만 집에 어서 가고 싶었던 것이다.

"자네는 어때? 평소보다 일찍 집에 가는 게 두렵지 않나?"

"지금 절 모욕하는 건가요?"

"아니, 이 사람아! 그냥 농담일세."

"저는 두렵지 않아요. 믿음과 확신이 있으니까요. 믿음과 확신이 있다고요."

서둘러 철제 셔터를 내리던 웨이터가 일어나면서 말했다.

"자네는 젊고, 믿음과 확신도 있는 데다가 일자리도 있지. 모든 걸 다 가졌어."

좀 더 나이가 많은 웨이터가 말했다.

"그럼, 선배는 부족한 게 있으세요?"

"일자리 말고는 아무것도 없지."

"제가 가진 걸 모두 가지고 있잖아요."

"아니, 나는 믿음과 확신을 가진 적도 없고, 더 이상 젊지도 않아."

"에이, 무슨 그런 말을. 어서 문을 잠가요."

"나도 밤에 늦게까지 카페에 있고 싶어 하는 쪽이야. 잠자리에 들고 싶지 않은 다른 사람들처럼 말이지. 밤에 불빛이 필요한 사람들이지."

나이 든 웨이터가 말했다.
"집에 가서 얼른 잠자리에 들고 싶어요."
"자넨 나와 전혀 다르지."
나이 든 웨이터가 말했다. 이제 그도 집에 가려고 옷을 갈아입었다.
"단순히 젊고 믿음과 확신이 있는가의 문제는 아니지. 비록 그런 것들이 아름답기는 하지만 말이야. 매일 밤 나는 카페가 필요한 사람이 혹시 있을까 봐 문을 닫기가 망설여져."
"아이고! 주점은 밤새도록 문을 열잖아요."
"자네는 이해 못 할 거야. 여기는 깨끗하고 분위기가 좋은 카페야. 환하고 불빛도 좋은 데다가 이젠 나뭇잎이 그늘까지 만들어 주잖아."
"안녕히 계세요."
젊은 웨이터가 말했다.
"잘 가게."
다른 웨이터가 말했다. 전등을 끄면서 그는 혼자 대화를 이어 나갔다. 카페는 불이 환해야 하지만, 또한 깨끗하고 분위기가 즐거운 곳이어야 해. 음악은 필요 없어. 확실히 음악은 없어도 되지. 서서 마시는 술집 앞에서 점잖게 있을 순 없잖아. 이 시간엔 그런 곳밖에 없겠지만 말이지. 그가 무서운 것은 뭘까? 두려움이나 공포는 아니었지. 그가 너무나 잘 알고 있던 것은 바로 무(無)였다. 모든 것이 무였고 인간도 역시 무였다. 무밖에 없었기 때문에 불빛이 필요했고, 어느 정도 깨끗하고 질서가 잡힌 곳이 필요했다. 무 안에서 살아가면서도 전혀 느끼지 못하는 사람들도 있었지만, 그는 모든 것이 헛되고, 헛되고, 헛되고, 헛되다는 것을 알고 있었다. 무 안에 계신 우리의 무여, 당신의 이름은 무가 되오며, 왕국도 무이며, 무에서 당신의 뜻이 무가 되듯이 무 안에서도 그렇게 되도록 해 주옵시고, 우리에게 일용할 무를 주옵시고, 우리가 우리 자신의 무를 없애듯이, 우리의 무를 없애 주시고, 우리를 무 안에 빠뜨리지 마시고, 다만 우리를 무에서 구하소서. 그러니 무여, 무로 가득한 무를 찬양하라. 무는 언제나 당신과 함께할 것이니. 그는 빙긋이 미소를 짓더니, 술집 카운터 앞에 섰다. 반짝이는 커피 머신에서 증기가 나오고 있었다.

"뭘 드릴까요?"

바텐더가 물었다.

"무."

"별 미친놈 다 보겠구먼."

바텐더는 그렇게 말하더니 시선을 돌렸다.

"작은 컵 한 잔."

웨이터가 말했다. 바텐더는 작은 유리잔을 가져다가 셰리(에스파냐 남부 지방에서 생산되는 백포도주-옮긴이)를 부었다.

"불빛이 무척 환하고 분위기도 즐거운데, 깨끗하진 않군."

웨이터가 말했다. 바텐더는 웨이터를 쳐다보았지만 뭐라고 말하지는 않았다. 대화를 나누기에는 밤이 너무 깊었다.

"한 잔 더 드릴까요?"

바텐더가 물었다.

"아니, 이만 됐소."

웨이터는 그렇게 대답한 뒤에 자리를 떠났다. 그는 술집이 싫었다. 깨끗하고 환한 카페는 술집과 전혀 다른 곳이었다. 이제 더 이상 생각하지 않고 집으로 갈 것이고, 방에 들어갈 것이다. 침대에 누워서 아침이 밝아 올 때쯤에는 결국 잠들게 될 것이다. 그는 중얼거렸다. 뭐, 단지 불면증일지도 모르지. 다른 많은 사람들처럼 말이야.

킬리만자로의 눈

킬리만자로는 만년설로 덮인 산이며, 해발 19,710피트(공식 해발고도는 5,895미터―옮긴이)로 아프리카에서 가장 높다고 알려져 있다. 서쪽에 있는 정상은 마사이어로 "응가예 응가이"라 불리는데, '신의 집'이라는 뜻이다. 정상 근처에는 얼어서 말라붙은 표범 사체가 하나 있다. 표범이 그 높은 곳에서 무엇을 찾고 있었는지는 아무도 밝힐 수 없었다.

"신기하게도 통증이 없어졌단 말이야. 그때부터 진행된 걸 알 수 있지."

남자가 말했다.

"정말 통증이 없어요?"

"그럼! 그렇지만 냄새가 지독해서 정말 미안해. 당신도 괴롭겠지."

"제발 그런 말은 하지 마세요!"

"저기 저것들이 몰려오는 것을 봐. 날 보고 오는 걸까? 아니면 냄새를 맡고 오는 걸까?"

남자가 누워 있는 야전침대는 자귀나무의 넓은 그늘 밑에 놓여 있었다. 그의 시선은 그늘 너머 눈부신 평원에 머물렀다. 그곳에는 커다란 새 세 마리가 불길한 모습으로 앉아 있었다. 하늘에는 열 마리가 넘는 새들이 날아다녔고, 지나갈 때마다 그림자도 땅 위를 빠르게 스쳐 지나갔다.

"트럭이 고장 난 날부터 저기 있었어. 그런데 오늘 처음으로 땅 위에 내려앉았어. 혹시 이야기에서 써먹고 싶을 때가 있을지도 모를까 봐 처음에는 새들이 날아다니는 모습을 주의 깊게 지켜봤지. 지금 생각하면 웃긴 일이지만."

"그런 식으로 말하지 않았으면 좋겠어요."

"그냥 하는 말이야. 말하면 훨씬 견딜 만하니까. 그렇지만 당신을 괴롭히고 싶지는 않아."

"당신 말 때문에 괴로운 건 아니에요. 알잖아요. 아무것도 할 수 없다는 게 가장 마음에 걸려요. 비행기가 올 때까지는 되도록 마음을 편하게 먹어야죠."

"아니면 비행기가 영영 오지 않거나."

"제가 할 수 있는 일을 말해 줘요. 뭔가 제가 할 수 있는 일이 분명히 있을 거예요."

"다리를 잘라 줘. 그러면 더 이상 진행되지 않을지도 모르지. 안 그럴 수도 있지만. 아니면 총으로 날 쏘거나. 이젠 명사수니까. 내가 가르쳐 줬잖아."

"제발 그런 말은 하지 말아요. 책을 읽어 줄까요?"

"뭘 읽을 건데?"

"가방에 든 책 중에서 우리가 읽지 않은 것 아무거나요."

"듣고 있기가 힘들 것 같아. 말하는 게 제일 편해. 싸우다 보면, 시간도 금방 지나가 버릴 테니까."

"저는 싸우지 않을 거예요. 싸우고 싶은 생각은 조금도 없어요. 앞으로는 싸우지 말아요. 네? 둘 다 신경이 아무리 날카로워져도 말이에요. 사람들이 트럭을 타고 오늘 올지도 몰라요. 비행기가 올 수도 있고요."

"옮겨 가기 싫어. 당신은 좀 더 편해지겠지만, 이제 와서 다른 곳으로 가 봤자 쓸데없는 짓이야."

"약해 빠진 소리 말아요."

"자꾸 비난하지 말고, 그냥 좀 편안히 죽게 내버려 둘 수 없어? 날 비난해 봤자 다 무슨 소용이야?"

"당신은 죽지 않아요."

"어리석은 소리 하지 마. 난 지금 죽어 가고 있다고. 저 녀석들에게 물어봐."

그는 거대한 새들이 벗겨진 머리를 깃털 속에 파묻은 채, 음산하게 앉아 있는 곳을 보았다. 새 한 마리가 네 번째로 미끄러져 내려오더니, 종종 걸음으로 뛰어가다가, 다른 새들을 향해 느릿느릿 뒤뚱뒤뚱 걸어갔다.

"야영지 주위에는 저런 새들이 항상 있어요. 당신은 눈여겨보지 않았지만요. 살려는 의지만 있다면, 사람은 죽지 않아요."

"어디서 그딴 걸 읽었지? 정말 멍청하기 짝이 없군."

"다른 사람들을 생각하던가요."

"이런 젠장. 그게 바로 내가 하던 일이라고."

그런 뒤에 그는 누워서, 잠시 아무 말 없이 아지랑이 너머로 들판 가장자리를 쳐다보았다. 노란 들판 위에 작은 흰 점처럼 보이는 톰슨가젤이 몇 마리 있었고, 더 먼 곳에는 녹색 수풀을 배경으로 하얗게 보이는 얼룩말 한 무리가 있었다. 야영지는 언덕 옆에 서 있는, 커다란 나무들 밑에 있었고, 맑은 물도 나와서 쾌적했다. 근처에는 거의 말라붙은 물웅덩이도 있어서 아침마다 사막꿩들이 날아다녔다.

"책을 읽어 줄까요?"

여자가 물었다. 야전침대 옆 캔버스 의자에 앉아 있었다.

"산들바람이 불어오네요."

"아니, 괜찮아."

"혹시 트럭이 올지도 몰라요."

"트럭 따위는 조금도 관심 없어."

"저는 관심 있어요."

"내가 관심 없는 많은 일에 당신은 정말 관심이 많군."

"별로 많지는 않아요, 해리."

"술을 한잔할까?"

"몸에 해로워요. 블랙이 쓴 책을 보면 술은 전부 피해야 한다고 적혀 있어요. 당신은 술 마시면 안 돼요."

"몰로!"

그는 소리쳤다.

"네, 브와나(남자 주인을 뜻하는 존칭-옮긴이)."

"위스키소다를 가져와."

"네, 브와나."

"안 돼요. 그게 바로 포기하는 거예요. 책에도 술은 당신에게 해롭다고 적혀 있어요. 저도 그렇게 알고 있고요."

"아니. 내겐 좋아."

이제 모든 게 끝났어. 그는 생각했다. 이제는 자신의 삶을 끝낼 기회도 갖지 못하고, 그 대신 이렇게 술을 놓고 옥신각신하다가 죽는 거다. 오른쪽 다리에 괴저가 생긴 뒤로 그는 통증을 느낄 수 없었고, 그와 함께 공포도 사라졌다. 이제는 지독한 피로와 함께, 이게 끝이라는 것에서 분노만 느껴질 뿐이었다. 지금 점점 다가오는 죽음에 대해 그는 조금도 궁금하지 않았다. 수년 동안, 그는 죽음에 관한 생각으로 사로잡혀 있었지만, 이제 죽음만 따로 떼어 놓고 생각하면 아무 의미가 없었다. 피곤하면 쉽게 이렇게 될 수 있다는 게 이상하게 느껴졌다.

이제 그는 잘 쓸 수 있을 만큼 알게 되었을 때, 쓰려고 아껴 둔 것들을 다시는 쓰지 못할 것이다. 뭐, 쓰려고 애만 쓰다가 실패하는 일도 없어질 터였다. 어쩌면 절대 쓸 수 없었기 때문에 그토록 오랫동안 미뤄 왔던 것일지도 모른다. 어쨌든 어느 쪽이 맞는지를 그는 절대 알 수 없을 것이다,

이제는.

"여기엔 당신과 절대 오지 말걸, 하는 생각이 들어요."

여자가 말했다. 유리컵을 든 채로 입술을 깨물고 있었다.

"파리에 있었으면 이런 일은 절대로 겪지 않았을 거예요. 파리가 정말 좋다고 당신은 입버릇처럼 말했었잖아요. 파리에 머물거나, 아니면 어딘가 다른 곳에 갈 수도 있었겠죠. 저라면 어디든지 갔을 것 같아요. 당신이 원하는 곳은 어디든 가겠다고 했잖아요. 혹시 당신이 사냥하기를 원하면, 우리는 헝가리에 가서 편하게 지내면서, 사냥을 할 수 있었어요."

"더럽게 많은 당신 돈으로 말이지."

"그렇게 말하다니 너무해요. 제 돈은 당신 돈이기도 하죠. 저는 모든 것을 두고 떠났고, 당신이 원하는 곳은 어디든 갔어요. 당신이 원하는 것도 다 하고요. 그렇지만 여기는 절대 오지 말았어야 했다는 생각이 들어요."

"당신도 오고 싶다고 했잖아."

"그때는 당신이 건강했으니까요. 하지만 이젠 정말 싫어요. 왜 당신 다리에 그런 일이 생겨야 했는지를 저는 이해할 수 없어요. 우리가 뭘 했기에 이런 일이 생기는 걸까요?"

"처음 긁혔을 때 요오드 소독약을 바르는 것을 잊어버렸기 때문이겠지. 한 번도 상처가 덧난 적이 없어서 신경을 안 쓴 거지. 그러다가 나중에 상처가 점점 심해졌을 때, 소독약이 다 떨어져서 묽은 석탄산수를 썼는데 그게 문제였던 것 같아. 그것 때문에 모세혈관이 막혀서 괴저가 생긴 거지."

그는 그녀를 보면서 물었다.

"뭐 다른 원인이 있겠어?"

"그런 뜻이 아니에요."

"어설픈 키쿠유족 운전사 대신 제대로 된 정비공을 고용했다면 트럭의 엔진오일도 확인했을 것이고, 베어링이 과열되어서 고장 날 일도 없었겠지."

"그런 뜻이 아니라니까요."

"당신이 가족들과 당신의 빌어먹을 올드웨스트베리, 새러토가, 팜비치 사람들을 떠나 나를 선택하지 않았다면……."

"왜냐고요? 당신을 사랑했으니까요. 이런 법이 어디 있어요. 지금도 당신을 사랑해요. 앞으로도 변함없이 당신을 사랑할 거예요. 당신은 저를 사랑하지 않나요?"

"응. 사랑하지 않아. 사랑한 적도 없고."

"해리, 지금 무슨 말하는 거예요? 정신이 나갔군요."

"아니, 애초에 그럴 만한 정신머리도 없었어."

"그 술 마시지 말아요. 제발 술 마시지 마세요. 할 수 있는 건 다 해 봐야죠."

"당신이나 해. 난 지쳤어."

* * *

이제 그의 눈에는 카라가치 역이 보였다. 그는 배낭을 들고 서 있었고, 심플론 오리엔트 열차의 전조등이 어둠을 가르며 왔다. 그는 부대가 후퇴한 뒤에 트라키아를 떠나는 참이었다. 이것도 쓰려고 아껴 둔 이야기 중 하나이다. 불가리아에서 난센의 비서가 아침을 먹으면서 창밖을 내다보자, 산 위에 쌓인 눈이 보였다. 그래서 난센에게 저게 눈이냐고 물었고, 난센은 한번 보더니 "아니, 저것은 눈이 아니야. 벌써 눈이 올 리가 없지."라고 말했다. 그래서 비서는 다른 소녀들에게 재차 말했다. "거봐, 눈이 아니라잖아." 그래서 다들 "눈이 아니야. 우리가 잘못 봤어."라고 말했다. 하지만 그것은 눈이 틀림없었고, 난센은 포로를 교환할 때, 그들을 눈 속으로 보냈다. 그해 겨울, 그들이 죽을 때까지 밟았던 것은 눈이었다.

그해 가우어탈 산에서 크리스마스 주 내내 내린 것도 눈이었다. 그해 그들은 나무꾼 오두막에서 지냈다. 자기 스토브가 있었는데, 방의 절반을 차지했다. 너도밤나무 잎으로 채운 매트리스에서 자고 있을 때, 한 탈영병이 발에 부상을 입고, 눈 위에 피를 흘리면서 왔다. 그는 헌병들이 바로 쫓아오고 있다고 말했다. 그래서 그들은 그에게 모직 양말을 주었고, 그의 발자국 위로 눈이 쌓일 때까지 말을 하면서 헌병들을 붙잡아 두었다.

슈룬츠에서는 크리스마스 날, 술집에 앉아서 사람들이 교회에서 돌아오는 모습을 볼 때면, 쌓인 눈이 너무 밝아서 눈이 아플 정도였다. 사람들은 그곳에서부터 무거운 스키를 어깨 위에 짊어지고 가파른 소나무 언덕들 사이로 흐르는 강을 따라 난, 썰매가 지나가서 반들반들해지고 오줌처럼 누런 길을 따라 걸어 올라가서, 마들레너 산장 위의 빙하를 타고 미끄러져 내려왔다. 눈은 케이크 장식처럼 부드러웠고, 가루처럼 가벼웠다. 그는 소리 없이 새처럼 빠른 속도로 내려오던 일이 생각났다.

그때 그들은 눈보라와 함께 내린 폭설 때문에 마들레너 산장에서 일주일을 꼼짝 못 했던 일도 생각났다. 등불 옆에서, 담배 연기 속에서 트럼프를 치면서 시간을 보냈다. 렌트 씨가 돈을 더 많이 잃을수록, 판돈이 더 올라갔다. 결국 렌트 씨는 가진 돈을 전부 잃었다. 스키 학교에서 번 돈과 그 시즌의 수입에다가 자신의 자본금까지, 모든 것을 잃었다. 코가 긴 렌트 씨가 카드를 집어 들고, 보지도 않고 바로 펼치던 모습이 생각났다. 항상 노름판이 벌어졌다. 눈이 안 내리면 내리지 않아서 노름판이 벌어졌고, 눈이 너무 많이 내리면 많이 내려서 노름판이 벌어졌다. 그는 지금까지 노름하느라 흘려보낸 시간을 생각했다.

하지만 그는 지금까지 그 일에 관해서는 한 줄도 쓰지 못했다. 평원을 가로질러 산들이 보이던, 화창하고 추운 어느 크리스마스 날 바커가 비행기를 몰고 전선을 넘어가서 오스트리아 장교들이 탄 휴가 열차에 폭탄을 떨어뜨리고, 흩어져서 달아나는 장교들에게 기관총을 쏘아 댔던 일들에 대해서도 한 줄도 쓰지 못했다. 나중에 바커가 식당에 들어와서 이야기를 하기 시작하던 때가 생각났다. 순식간에 얼마나 조용해졌던지. 그때 누군가 말했었지.

'이 빌어먹을 살인마야!'

그때 그들이 죽인 사람들은 그가 나중에 스키를 함께 탔던 사람들과 마찬가지로 오스트리아인이었다. 아니, 다른 사람들이었다. 그해 내내 스키를 함께 탔던 한스는 황제 경비병 출신이었다. 제재소 위쪽에 있는 작은 계곡에서 토끼 사냥을 갈 때, 그들은 파수비오 전투와 페르티카와 아살로네에서의 공격 이야기를 나눴지만, 그는 한 마디도 쓰지 않았다. 몬테 코르노, 시에테 코뮨, 아르시에로에 관한 이야기도 쓰지 않았다.

포어아를베르크 주와 아를베르크 고개에서 겨울을 몇 번 났지? 그래, 네 번이었다. 그때, 그는 블루덴츠에 선물을 사러 가던 길에 만난, 여우를 파는 한 남자가 기억났다. 체리 씨 맛이 나던 아주 좋은 키르시(체리로 만든 독한 술-옮긴이)도. 가루와 같은 눈 위를 재빨리 미끄러져 갔다. '하이! 호! 랠리가 말했다네!'라고 노래 부르면서. 곧바로 과수원을 세 바퀴 돌고 웅덩이를 건너 여관 뒤에 얼음이 깔린 길 위를 달려갔다. 바인딩을 헐겁게 풀고 스키를 벗어 던지고는 여관의 나무 벽에 기대 놓았다. 유리창에서는 등불 빛이 흘러나왔다. 안에서는 담배 연기 속에서, 새로 담은 와인 냄새와 온기 속에서, 사람들은 아코디언을 연주하고 있었다.

"파리에 있을 때, 우리는 어디서 지냈지?"
그는 이제 아프리카에서 옆에 캔버스 의자에 앉아 있는 여자에게 묻고 있었다.
"크리용이었죠. 알잖아요."
"내가 어떻게 알아?"
"항상 그곳에 묵었으니까요."
"아니야. 안 그럴 때도 있었어."
"거기 아니면, 생제르맹 거리에 있는 파비용 앙리 카트르에서 지냈죠. 당신은 거기가 좋다고 했잖아요."
"사랑이란 똥 무더기에 불과하지. 난 그 위에 올라가서 꼬꼬댁 우는 수탉이고."
"떠나간다고 해서 죄다 꼭 그렇게 없애야겠어요? 그러니까 다 그렇게 없애고 가야 하겠느냐고요. 말과 아내도 죽이고, 안장과 방패도 불태워야 하겠어요?"
"맞아. 당신의 빌어먹을 돈이 내 방패였지. 나의 방패이자 나의 검이었지."

"제발."

"좋아, 그만두지. 당신에게 더 이상 상처 주고 싶지는 않으니까."

"이미 늦었어요."

"그래? 좋아. 그럼 난 계속 상처를 주겠어. 그게 더 재미있으니까. 당신과 정말 하고 싶었던 일을 이젠 못 하게 됐으니까."

"아니. 그건 사실이 아니에요. 당신은 많은 것을 하기 원했고, 당신이 원하는 것들은 난 전부 다 했어요."

"아, 과장은 제발 좀 그만해 줘. 응?"

그는 그녀를 보았다. 그녀는 눈물을 흘리고 있었다.

"내 말 좀 들어 봐. 이렇게 지내는 게 재미있어? 나도 내가 왜 이러는지를 모르겠어. 나도 살려고 발버둥 치는 거라고. 대화를 나누기 시작할 때만 해도 괜찮았어. 애초에 이러려고 하지도 않았어. 그렇지만 이제 난 제정신이 아니고, 할 수 있으면 당신에게 잔인하게 대하지. 내 말에는 신경 쓰지 마. 난 당신을 정말 사랑해. 당신도 내가 사랑하는 거 알잖아. 당신만큼 사랑한 사람은 아무도 없었어."

그는 자신의 밥줄이었던, 익숙한 거짓말들을 늘어놓기

시작했다.

"제게 늘 다정하게 대해 줬죠."

"이년아. 돈 많은 년. 이건 시야. 지금 내 머릿속은 시로 넘쳐. 몸은 썩어 가도. 썩어 가는 시인 셈이지."

"해리, 제발 그만둬요. 이젠 왜 그렇게 악마로 돌변하려고 해요?"

"아무것도 남겨 두기 싫어. 뒤에 뭔가 남겨 두기 싫다고."

* * *

그는 잠이 들었고, 눈을 뜨니 이제 저녁이었다. 해는 언덕 너머로 졌고, 들판에는 어스름이 내려앉았다. 작은 동물들은 야영지 근처에서 먹이를 먹고 있었다. 재빨리 머리를 숙이면서 꼬리를 흔드는 모습은 잘 보였다. 그는 이제 동물들이 수풀에서 멀리 떨어져 있는 모습이 잘 보였다. 새들은 이제 땅 위에서 기다리지 않았다. 다들 나무 위에 묵직한 몸으로 앉아 있었고, 수도 더 늘어났다. 심부름꾼 소년이 침대 옆에 앉아 있었다.

"멤사히브(집안의 안주인을 높여 부르는 말-옮긴이)는 사냥 가셨습니다. 필요하신 게 있으신가요?"

소년이 말했다.

"아니."

그녀는 고기를 구하려고 사냥을 갔겠지. 그가 사냥 구경을 좋아한다는 사실을 알고 있었지만 그녀는 그가 볼 수 있는 평지의 작은 지역을 소란스럽게 하지 않기 위해 아예 멀리 가 버렸다. 항상 생각이 깊었지. 그는 생각했다. 알고 있거나 읽었거나 들었던 것은 뭐든지 말이야.

그가 그녀에게 다가갔을 때, 그가 이미 끝나 버린 것은 그녀 잘못이 아니었다. 남자가 아무런 뜻 없이 말을 한다는 것을 여자는 어떻게 알 수 있을까? 단지 편하기 위해서 습관적으로 말한다는 사실을 말이다. 그가 아무런 뜻 없이 말을 하기 시작한 뒤에, 그는 진실을 말할 때보다 여자들에게 더욱 능숙하게 거짓말을 했다.

아니, 거짓말을 한다기보다 딱히 말할 진실이 없었다는 편이 더 정확한 표현일 것이다. 그는 자신의 삶을 살았고, 그 삶은 끝났으며, 그런 뒤에는 더욱 돈이 많은 다른 사람들과 똑같은 곳에서는 더욱 좋은 곳에 살거나, 아니면 새로운 곳에서 살았다.

생각하는 일을 그만두자 정말 신기한 일이 벌어졌다. 좋은 내면을 지니고 있어서 대부분의 다른 사람들처럼 무너지지 않았다. 그리고 자신이 하던 일은 이제는 더 이상 할 수 없기 때문에 아무래도 좋다는 태도를 취했다. 하지만 속으로는 이 부자들에 대한 글을 쓰겠다고 되뇌었다. 자신은 그들과 같은 부류가 아니라, 그들의 나라에 몰래 숨어든 첩자인 셈이라고. 그들의 나라를 떠나서 그것에 대한 글을 쓸 것이라고. 이번만큼은 제대로 알고 있는 누군가가 글로 쓰게 될 것이라고. 하지만 그는 절대 글을 쓰지 않았다. 하루하루 글을 쓰지 않고, 편하게 지내면서, 자신이 가장 경멸했던 사람이 되어 갔다. 재능은 점점 녹슬었고, 글을 쓰고 싶은 의지도 점점 약해져, 결국 전혀 일하지 않게 되었다. 일을 하지 않자 그가 알고 지냈던 사람들은 전에 비해 훨씬 더 편하게 느껴졌다. 아프리카는 그가 인생에서 가장 행복했던 한때를 보낸 곳이었고, 그래서 그는 모든 것을 다시 시작하기 위해 이곳에 왔다. 그들은 가장 적은 살림살이만을 싣고, 이곳으로 사파리 여행을 왔다. 특별히 힘들게 지낸 것은 아니었지만, 그렇다고 호화롭게 지낸 것도 아니었으며, 그는 다시 자신을 단련시킬 수 있을 거라고 생각했다. 권투 선수가 몸에서 지방을 태우기 위해 산에 들어가

훈련을 하듯이 자신도 영혼에서 지방을 없앨 수 있다고 생각한 것이다.

그녀는 좋아했다. 정말 좋다고 했다. 신 나는 일이라면 뭐든지 좋아했고, 이는 새로운 사람들과 즐거운 것들이 있는 곳으로 장소를 옮기는 것을 뜻했다. 그도 일을 하고 싶은 욕구가 점점 생겨난다는 착각에 빠졌다. 이런 식으로 모든 게 끝난다면, (그는 이런 식으로 끝날 줄 알고 있었다.) 그는 등이 부러졌다고 자신을 무는 뱀이 되지는 말았어야 했다. 그녀 잘못은 아니었다. 그녀가 없었더라도, 다른 누군가가 있었을 것이다. 거짓말로 먹고살아왔으니, 죽을 때에도 거짓말을 하려고 애를 써야 하리라. 언덕 너머로 총 쏘는 소리가 들려왔다.

그녀는 정말 총을 잘 쏘았다. 착하고 돈 많고 친절하게 돌봐 주면서 결국 그의 재능을 파괴해 버렸다. 말도 안 되는 소리. 재능을 망가뜨린 것은 그 자신이었다. 왜 자신을 잘 보살펴 준 이 여자를 비난한단 말인가? 그는 재능을 사용하지 않고, 자신과 자신의 신념을 저버리고, 술을 많이 마셔서 감각이 둔해졌으며, 게으르고, 나태하고, 편견과 자만심에 가득 차고, 속물근성에 빠졌으며, 수단과 방법을 가리지 않으면서 결국 자신의 재능을 망가뜨렸던 것이다. 이것이 무엇일까? 오래된 책들의 목록인가? 어쨌든 그의 재능은 뭐였을까? 물론 재능이 있었지만, 그는 재능을 사용하지 않고, 부당하게 이용했다. 그것은 그가 해낸 것이 아니라, 늘 앞으로 할 수 있는 것이었다. 게다가 그는 글을 쓰는 일 대신 다른 일로 생계를 유지하기로 결정했기 때문이다. 정말 이상하게도 그가 새로 사랑에 빠지는 여자는 항상 그전의 여자보다 돈이 많았다. 하지만 그가 더 이상 사랑에 빠지지 않게 되자, 이 여자에게처럼 단지 거짓말만 하게 되었다. 그녀는 지금까지 그가 만난 여자들 중에서 가장 돈이 많았고, 그 돈을 가지고 있었으며, 남편과 자식이 있었고, 애인이 여럿 있었지만, 불만족스러웠고, 그를 작가이자 애인, 동반자이자 자랑감으로서 정말로 사랑했다. 그가 진심으로 사랑했을 때보다, 전혀 사랑하지 않고, 거짓말을 늘어놓을 때, 여자가 가진 돈의 대가로 더 많은 것을 줄 수 있다는 것도 이상한 일이었다.

  누구나 자신이 하고 있는 일에 맞게 태어난 게 틀림없다고 그는 생각했다. 하지만 그의 재능은 생계를 유지하는 것이었다. 평생 그는 어떤 식으로든 자신의 생명력을 팔았고,

애정이 없는 일에는 그 일로 벌어들이는 돈에 가치를 두었다. 이 사실을 깨달았을 때, 그는 이제는 그것을 글로 쓰지 못한다는 사실도 알았다. 아니, 글로 쓸 가치가 충분히 있지만, 절대로 쓰지 않겠다고 마음먹었다.

 이제 그녀가 야외 공터를 가로질러 야영지를 향해 걸어오는 모습이 눈에 보였다. 승마 바지 차림에 총을 들고 있었다. 두 소년이 톰슨가젤을 어깨에 멘 채로 뒤에 따라오고 있었다. 여전히 매력적인 외모라고 그는 생각했다. 몸매도 근사하고. 잠자리에서 끝내주고. 예쁜 얼굴은 아니었지만 그는 그녀의 얼굴을 좋아했다. 그녀는 무척 책을 많이 읽었으며, 승마와 사냥을 좋아했지만, 확실히 술은 너무 많이 마셨다. 그녀가 아직 꽤 젊었을 때, 남편이 죽었고 그녀는 잠시 이제 어른이 된 두 자식들에게 헌신했지만, 자식들은 엄마가 필요하지 않았고 엄마가 옆에 있는 것을 어색해했다. 그래서 그녀는 승마와 독서와 술에 빠지게 되었다. 그녀는 저녁을 먹기 전에 책 읽는 것을 좋아했고, 책을 읽을 때에는 소다와 스카치를 마셨다. 저녁을 먹을 때에는 이미 상당히 술에 취해 있었고, 저녁에 와인을 한 병 마신 뒤에는 술에 취해서 깊이 잠들었다.

애인이 있기 전에는 그랬다. 애인이 생긴 뒤로는 술을 많이 마시지 않았다. 잠들기 위해서 술을 많이 마실 필요가 없었기 때문이다. 하지만 애인들은 하나같이 그녀를 지루하게 했다. 죽은 남편은 그녀를 조금도 지루하게 하지 않았지만, 애인들은 무척 그녀를 지루하게 했다.

그때 자식 중 한 명이 비행기 사고로 죽었다. 그 일이 있은 뒤로 그녀는 더 이상 애인을 필요로 하지 않았고, 술도 마취약 역할을 하지 못했다. 그녀는 다른 삶을 찾아야 했다. 문득 그녀는 자신이 혼자라는 사실이 너무나 무섭게 느껴졌다. 그녀는 자신이 존경할 수 있는 누군가를 원했다.

둘의 관계는 아주 사소한 일에서 시작되었다. 그녀는 그가 쓴 글을 좋아했고 항상 그의 삶을 부러워했다. 그녀는 그가 자신이 원했던 일을 한다고 생각했다. 그녀에게는 그를 차지하고, 마침내 그와 사랑에 빠지는 일이 모두 새로운 삶을 하나씩 만들어 가는 과정이었지만, 그에게는 자신의 노년의 삶을 팔아 치우는 일이었다.

그는 안정과 편안함을 위해 자신에게 남아 있던 것을 팔아 치웠고, 그것은 틀림없는 사실이었다. 안 그러면 무엇을 위해서 그랬을까? 그는 알지 못했다. 그녀는 그가 원하는 것은 뭐든지 가져오려고 했다. 그는 그 점을 알고 있었다. 그녀는 빌어먹을 정도로 멋진 여자이기도 했다. 다른 여자들과의 관계처럼 그도 얼른 그녀와 잠자리에 들려고 했다. 아니, 특히 그녀와 잠자리에 들려고 했다. 왜냐하면 그녀는 더욱 부자였고, 함께 있으면 즐거웠으며, 늘 감사했고, 절대로 야단법석을 떨지 않았기 때문이다. 하지만 그녀가 쌓아올린 새로운 인생도 이제 끝을 맞이하게 되었다. 2주 전 그가, 워터벅(큰 영양-옮긴이)이 콧구멍을 벌름거리면서 냄새를 맡고, 무슨 소리라도 들리면 재빨리 수풀 속으로 달려가려고 귀를 쫑긋 세우고 있는 모습을 사진 찍기 위해 다가갔다가, 그만 무릎이 가시에 긁혔을 때 요오드 소독약을 바르지 않았기 때문이다. 워터벅들은 사진을 찍기도 전에 달아나 버렸다.

이제 그녀가 도착했다.

그는 침상 위에서 자신의 머리를 돌려서, 그녀를 바라보았다.

"오늘 어땠어?"

남자가 말했다.

"토미 램(산양-옮긴이)을 한 마리 잡았어요. 죽을 맛있게 끓여서 대접할게요. 클림(분유-옮긴이)을 넣고, 감자를 몇 개 으깨라고 할 거예요. 기분은 어때요?"
　여자가 말했다.
　"훨씬 나아졌어."
　"거 봐요. 좋지 않나요? 그럴 줄 알았어요. 제가 떠날 때 자고 있었어요."
　"한잠 푹 잤지. 멀리 갔었어?"
　"아니요. 그냥 언덕 주위를 한 바퀴 돌았어요. 양을 아주 멋지게 쏘았죠."
　"총은 끝내주게 잘 쏘잖아."
　"네, 저는 사격이 좋아요. 아프리카도 좋고요. 정말이에요. 당신만 괜찮다면, 아프리카는 가장 재미있는 곳일 텐데. 함께 사냥 다녔던 일을 생각하면 얼마나 재미있었는지를 모를 거예요. 저는 아프리카가 좋아요."
　"나도 그래."
　"당신 기분이 나아져서 얼마나 좋은지 모를 거예요. 아까처럼 그러면 정말 견디기 힘들어요. 앞으론 제게 그렇게 말하지 않을 거죠? 약속해 줘요."
　"아니. 무슨 말을 했는지 기억나지 않아."

"자학할 필요는 없어요. 안 그래요? 저는 당신을 사랑하는 중년 여자일 뿐이고, 당신이 원하는 것을 하고 싶을 뿐이에요. 벌써 완전히 무너진 것도 두세 번 되고요. 저를 한 번 더 무너지게 하지는 않겠죠. 네?"
"침대 위에 당신을 몇 번 무너뜨리고 싶은데."
남자가 말했다.
"네, 좋아요. 우리는 원래 그렇게 무너지도록 만들어졌죠. 내일 비행기가 올 거예요."
"어떻게 알아?"
"그냥 알아요. 꼭 올 거예요. 소년들이 연기를 피워 올리려고 풀과 나무를 준비했어요. 오늘 저 아래에 내려가서 한 번 더 살펴보려고요. 착륙할 공간이 충분히 있으니까, 양쪽으로 연기를 피워 올리려고요."
"뭣 때문에 내일 올 거라고 생각해?"
"확실히 올 거예요. 올 때가 지났거든요. 비행기가 오면 시내에 가서 당신 다리를 치료하고, 그러면 우리는 침대 위에서 좋은 시간을 보낼 수 있을 거예요. 그러니까 끔찍한 얘기는 그만해요."
"술을 한잔할까? 해가 지고 있군."

"술을 마시고 싶으세요?"

"난 한잔하고 싶은데."

"그럼 우리 같이 마셔요. 몰로! 여기 위스키소다 두 잔 가져와!"

여자가 하인을 불렀다.

"모기에 물리지 않도록 부츠를 신는 게 어때? 난 먼저 씻을게. 그런 뒤에 한잔하지."

그가 여자에게 말했다.

술을 마시는 사이에 점점 더 어두워졌고, 총을 쏠 수 없을 정도로 어두워졌을 때, 하이에나 한 마리가 공터를 가로질러서 언덕을 돌아갔다.

"저 빌어먹을 놈은 매일 밤 저기를 지난다니까. 2주 내내 밤마다 말이지."

남자가 말했다.

"밤에 소리를 내는 놈이 저놈이야. 난 신경 쓰지 않겠어. 더러운 녀석일 테니까."

함께 술을 마셨고, 한 자세로 계속 누워 있느라 불편한 점을 제외하면 아무런 고통도 없었다. 불을 피우는 소년들의 그림자가 텐트에 비치는 것을 보자, 그는 이처럼 기꺼이

굴복하는 삶을 다시 묵인하고 싶다는 느낌이 들었다. 그녀는 지금 그에게 너무 좋은 사람이었다. 하지만 그는 오후에 그녀에게 심하게 대했다. 그녀는 정말 놀라운 정도로 좋은 사람이었다. 바로 그 순간, 그는 자신이 죽게 될 것이라는 사실을 깨달았다.

죽음은 순식간에 그에게 다가왔다. 세찬 물줄기나 바람처럼 밀려든 것이 아니라, 별안간 역한 냄새가 나는 공허가 느껴졌다. 이상하게도 하이에나가 그것의 가장자리를 따라 슬며시 지나갔다는 것이다.

"해리, 무슨 일이에요?"

그녀는 그에게 물었다.

"아무것도 아니야. 당신은 반대편으로 옮겨 가. 바람 부는 쪽으로."

그가 말했다.

"몰로가 붕대를 갈았나요?"

"응. 난 이제 그저 붕소를 사용하고 있어."

"몸은 좀 어때요?"

"약간 어지러워."

"저는 샤워할게요. 바로 나올게요. 함께 밥을 먹고, 침대를 안으로 들여놓아요."

그녀가 말했다.

그래, 싸움을 그만두기를 잘했어. 그는 혼자 중얼거렸다. 그는 그녀와는 절대로 많이 싸우지 않았다. 그가 사랑했던 다른 여자들과는 너무나 많이 싸웠고, 싸우면서 함께 나눴던 것들은 조금씩 녹슬었고, 결국 완전히 부서졌기 때문이다. 그는 너무 사랑했고, 너무 많은 요구를 해서, 결국 낡아서 못 쓰게 만들어 버렸다.

그는 파리에서 싸운 뒤에 집을 나가기 전, 콘스탄티노플에서 혼자 지내던 시절을 떠올렸다. 그는 하루 종일 창녀들과 시간을 보냈고, 그 시간도 끝났을 때, 그는 자신의 외로움을 없앨 수 없었다. 아니, 오히려 외로움은 더욱 커질 뿐이었다. 그래서 그는 자신을 떠난 첫 번째 여자에게 편지를 썼다. 도저히 외로움을 떨쳐 버릴 수 없었다고……. 한번은 그가 그녀를 레장스 카페 밖에서 보았다고 생각했을 때, 정신을 잃고 쓰러지고 토할 것 같았다고. 대로에서 당신과 닮은 사람을 보고 혹시 아니면 어떡하나 두려워하면서도 한편 이런 느낌을 잃을까 겁을 내면서 따라갔다고. 그와 잠자리를 함께했던 여자들이 다들 하나같이 당신을 더욱 그립게 할 뿐이었다고. 당신을 사랑하는 병을 고칠 수 없기에 자신에게 했던 지난 일은 조금도 중요하지 않다고. 그는 전혀 술이 취하지 않은 상태에서 바에 앉아서 편지를 썼고 뉴욕으로 부쳤다. 그는 그녀에게 파리에 있는 자신의 사무실로 답장을 보내 달라고 했다. 그 편이 안전할 것 같았다. 하지만 그날 밤 그는 그녀가 너무나 그리웠고, 속이 텅 비어서 토할 것 같은 느낌이 들었다. 그는 발길 닿는 대로 걷다가 클럽 막심에 다다랐다. 그곳에서 한 여자를 꼬셔서 함께 저녁을 먹은 뒤에 그는 그녀와 함께 춤을 추러 갔다. 그런데 그녀가 춤을 형편없이 춰서 그는 그녀를 버리고 정열적인 아르메니아 출신 창녀를 잡았다. 그녀가 배를 그에게 바짝 붙여서 몸을 흔들어 대는 바람에 불이 붙을 지경이었다. 그는 한 영국 포병 중위와 주먹다짐 끝에 그녀를 빼앗았다. 중위는 그에게 밖으로 나오라고 말했고, 그들은 자갈이 깔린 어두운 거리에서 싸웠다. 그는 포병의 턱을 두 번 갈겼고, 그래도 그가 쓰러지지 않자, 그는 싸움판에 제대로 걸려든 것을 깨달았다. 중위는 그의 몸과 눈 옆을 때렸다. 그는 왼쪽 주먹을 날렸고, 중위는 그의 위로 쓰러지면서 그의 외투를 붙잡았다. 그러자 소매가 뜯겨져 나갔다. 그는 중위의 귀를 두 번 세게 쳤고, 오른 주먹으로 그를 강하게 쳤다. 중위는 쓰러지면서 머리를 부딪쳤고, 헌병이 오는 소리를 듣고 그는 창녀와 함께 달아났다. 그는 여자와 택시를 잡아타고 보스포루스 해협을 따라 리말리히사로 차를 몰게 했다. 주위를 한 바퀴 돈 뒤에 차가운 밤을 뒤로 하고 잠자리에 들었다. 그녀는 장밋빛 꽃잎처럼 보였고, 지나치게 감상적인 배는 부드러웠으며, 커다란 가슴을 지녔고, 엉덩이 밑으로는 베개가 따로 필요 없었다. 그녀는 지나치게 익은 과일처럼 보였다. 그는 아침에 후줄근한 모습으로 잠이 깬 그녀의 모습을 보기 전에 떠났다. 한쪽 눈은 멍이 들고, 손에는 소매가 떨어져 나간 외투를 든 채로 페라 궁으로 갔다.

  그날 밤 그는 아나톨리아로 떠났다. 나중에 여행을 다니면서 아편을 만들기 위해 기르던 양귀비밭을 하루 종일 지날 때가 있었다. 아주 이상하게 느껴졌고, 어느 쪽을 보아도 거리가 잘못된 것 같았다. 그는 콘스탄티노스의 장교들과 함께 공격했던 곳에 있었다. 장교들은 뭐 하나 제대로 아는 게 없었고, 포병대는 아군을 향해 대포를 쏘았으며, 영국 관측병도 엉엉 울었다.

그날 그는 흰 발레복처럼 생긴 치마를 입고, 앞이 들린 구두를 신은 채 죽어 있는 그리스 병사들을 처음 보았다. 점점 터키군들이 몰려들었고, 그의 눈에는 스커트를 입은 사내들이 달려가는 것이 보였다. 장교들은 그들을 향해 총을 쏜 뒤에 달렸고, 그와 영국 관측병도 달려갔다. 그들은 숨통이 아프고, 입에서 동전 맛이 느껴질 때까지 달리다가, 어느 바위 뒤에 멈췄고, 그곳에서 보니 터키군들은 평소와 같이 떼로 왔다. 나중에 그는 차마 생각조차 할 수 없었던 것들을, 더욱 끔찍한 것들을 보게 되었다. 그래서 파리로 돌아왔을 때, 그는 그것에 대해서 말하거나, 누군가 그것에 관해서 말하는 것을 듣고 있을 수 없었다. 어느 날 그가 카페를 지나갈 때, 어느 미국 시인이 앞에 받침 접시를 잔뜩 쌓아 올린 채, 감자처럼 생긴 멍청한 얼굴로 트리스탄 차라라고 불리는 어느 루마니아인과 다다 운동을 얘기하고 있었다. 루마니아인은 항상 단안경을 끼고 있었고, 두통을 달고 지냈으며, 다시 사랑하게 된 아내와 아파트에서 지냈고, 전투도 끝나고, 광기도 끝났으며, 집에 돌아와서 기쁘다고 했다. 사무실에서는 그에게 온 편지를 집으로 보내 주었는데, 어느 날 접시에 답장이 담겨서 왔고, 그는 주소를 적은 필체를 보고 다른 편지 밑에 숨기려고 했다. 하지만 아내가 "여보, 누구에게서 온 편지에요?"라고 물었고, 그것으로 결혼 생활은 시작과 함께 끝을 맞이했다.

그는 사람들과 보냈던 좋았던 시절과 싸움들을 기억했다. 그들은 항상 가장 싸우기 좋은 곳을 골랐다. 하지만 그가 기분이 좋을 때에도 그들은 왜 항상 싸웠을까? 그는 그 일에 대해서는 한마디도 적지 않았는데, 처음에는 무엇보다 아무도 상처를 주고 싶지 않았기 때문이고, 나중에는 그것 말고도 글감이 많다고 생각했기 때문이다. 하지만 그는 결국 쓰게 될 것이라고 늘 생각해 왔다. 쓸 것은 널려 있었다. 그는 세상이 바뀌는 것을 보았는데, 많은 사건과 사람을 보았지만, 단지 그것만을 말하는 것은 아니고, 그는 미묘한 변화들을 보았고, 다른 시대에는 사람들이 어떻게 지냈는지를 기억했다. 그는 그 시대 속에서 살았고, 시대를 보았으며, 이를 글로 쓰는 것은 그에게 주어진 임무였다. 하지만 이제 그는 절대 쓸 수 없었다.

"몸은 좀 어때요?"

그녀가 말했다. 샤워를 한 뒤 이제 그녀는 텐트 바깥으로 나왔다.

"좋아."

"지금 밥 먹을 수 있어요?"

그녀 뒤로 몰로가 접이식 테이블을 들고 있고, 한 소년이 식기들을 들고 있는 게 보였다.

"글을 쓰고 싶어."

그는 말했다.

"수프를 조금이라도 먹어야 기운이 나요."

"오늘 밤 난 죽게 될 거야. 기운 차릴 필요가 없어."

"해리, 제발 그렇게 심각하게 말하지 말아요."

여자가 말했다.

"코는 뭐하려고 달고 있지? 다리가 반이 썩었는데 모르겠어? 제기랄, 지금 와서 수프를 먹어서 어쩌자는 거야? 내가 바보인 줄 알아? 몰로, 위스키소다를 가져와."

"수프 좀 드세요."

여자는 부드럽게 말했다.

"좋아."

수프는 너무 뜨거웠다. 그는 컵에 담아서 식혀야 했다. 그런 뒤에 그는 수프를 그대로 삼켜 버렸다.

"당신은 좋은 여자야. 내겐 신경 쓰지 마."

그가 말했다.

그녀는 〈스퍼〉나 〈타운앤드컨트리〉 잡지에 나올 것 같은 잘 알려진, 사랑스러운 얼굴로 그를 쳐다보았다. 다만 술과 잠자리 때문에 약간 늙어 보였지만, 〈타운앤드컨트리〉에서는 그녀와 같은 커다란 가슴과 탐스러운 허벅지와 부드럽게 달래는 작은 손등을 볼 수 없었다. 그녀의 잘 알려진, 기분 좋은 미소를 보았을 때, 그는 한 번 더 죽음이 그에게 다가오는 것을 느꼈다. 이번에는 아까처럼 갑자기 밀려오지 않았다. 촛불을 일렁이게 했다가, 불꽃이 다시 커지게 만드는 한 줄기 바람처럼 훅 불어왔다.

"나중에 내 그물 침대를 밖으로 꺼내서 나무에 매달고, 불을 피우라고 해야겠어. 오늘 밤에는 텐트에 들어가지 않으려고. 움직여 봤자 아무 소용없으니까. 오늘 밤은 날씨가 좋군. 비는 안 올 것 같아."

그래, 이렇게 들리지 않게 속삭이다가 죽겠지. 어쨌든, 더 이상 싸울 일도 없을 거고. 그는 그 점은 약속할 수 있었다.

이제 끝내 얻지 못했던 경험을 망치지도 않을 것이다. 그는 아마 망칠지도 모른다. 모든 것을 망친 사람은 당신이라고 하면서. 하지만 그는 아마 망치지 않을지도 모른다.
"내 말을 받아 적을 수 있겠어?"
"배운 적이 없어요."
"괜찮아."
물론 시간이 부족했다. 제대로만 적으면 한 문단에 모두 넣을 수 있을 것 같았지만.

호수 위 언덕에는 통나무집이 한 채 있었다. 통나무 사이는 백색 모르타르로 메꿔져 있었다. 문 옆에 있는 기둥에는 종이 하나 매달려 있어서, 식사 때에는 종을 울려서 사람들을 불렀다. 집 뒤에는 밭이 있었고, 그 뒤에는 산림이 있었다. 집에서 부두까지 롬바르디아 포플러나무가 길게 한 줄로 늘어서 있었다. 곶을 따라서도 포플러나무들이 늘어서 있었다. 길 하나가 숲가를 따라 언덕으로 이어져 있었고, 길을 따라가면서 그는 블랙베리를 땄다. 그러던 어느 날, 통나무집이 불에 타서 무너져 내렸고, 벽난로 위에 있던 총들도 모조리 불에 탔다. 탄창에 있던 납들도 녹아 버렸고, 총신은 불에 타서 없어졌고, 잿더미 위에서 나뒹굴고 있었다. 그 재를 커다란 철제 비누 주전자에 넣고, 끓여서 잿물을 만들었다. 나는 할아버지에게 주전자를 가지고 놀아도 되냐고 물었고, 할아버지는 안 된다고 했다. 그것들은 여전히 할아버지의 총이었고, 할아버지는 절대로 다른 총을 사지 않았다. 사냥도 더 이상 하지 않았다. 전에 있던 자리에 통나무집을 다시 세워 하얗게 칠했고, 난간에서 포플러나무들과 그 뒤에 있는 호수를 볼 수 있었다. 하지만 더 이상의 총들은 없었다. 총열은 아직도 벽에 달린 사슴 발에 매달린 채로 잿더미 위에서 나뒹굴고 있었다. 하지만 아무도 그것을 건드리지 않았다.

전쟁이 끝난 뒤, 우리는 검은 숲에 있는 송어 하천을 빌렸다. 그곳에 가는 길은 두 개가 있었다. 하나는 트리베르크에서 계곡을 따라 내려간 뒤에 하얀 길가의 나무 그늘 밑의 계곡 길을 돌아가다 옆길을 따라 언덕을 올라가서, 많은 조그만 밭들과 커다란 슈바르츠발트 집들을 지나서 가다 보면 하천이 나왔다. 바로 그곳에서 낚시를 하려고 했다.

다른 길은 숲가를 따라 가파른 산을 올라가서 그런 다

음에 소나무 숲을 지나, 언덕의 정상을 가로질러 가는 것이었다. 그리고 그때, 초원의 가를 떠나서, 가로질러 아래로 내려갔다. 다리로. 그곳에는 하천을 따라 자작나무들이 있었고, 그것은 크지 않았지만, 좁았고, 명확하고, 빨랐다. 그리고 웅덩이와 함께 그것은 잘렸다. 자작나무 뿌리 아래에서. 트리베르크에 있던 호텔 주인은 좋은 시절을 보냈다. 무척 즐거웠고, 우리는 모두 친해졌다. 다음 해에 물가가 올라 전해에 벌어 두었던 돈으로는 호텔 문을 열기 위해서 필요한 물품들을 사는 데 부족했고, 주인은 목을 맸다.

　이런 일은 받아 적게 할 수 있지만, 콩트라스카르프 광장은 그럴 수 없지. 꽃 파는 상인들이 거리에서 꽃을 물들이고, 물감이 보도 위로 흘렀고, 버스가 출발했으며, 노인과 여자들은 포도주와 싸구려 포도 찌꺼기를 먹고 항상 취해 있었다. 추위 속에서 아이들은 콧물을 줄줄 흘렸고, 카페 데 자마퇴르에서는 더러운 땀내와 가난과 취기가 뒤섞인 냄새가 났었다. 그들의 위층에는 발 뮈제트의 창녀들도 있었다. 여자 관리인은 자신의 방에 프랑스 왕실 근위병을 맞아들였고, 근위병의 말 털이 달린 헬멧은 의자 위에 놓여 있었다. 복도 맞은편에 살던 하숙인은 자전거를 타는 사람이었고, 그날 아침 크레메히(유제품 판매점-옮긴이)에서 그녀는 즐거움을 느꼈다. 그녀가 〈로또〉를 펼쳤을 때, 남편이 처음으로 나갔던, 큰 대회인 파리-투어 경주에서 3등을 했다는 기사를 읽었기 때문이다. 그녀는 상기된 얼굴로 웃었고, 손에 노란 스포츠 신문을 들고, 울면서 계단 위를 올라갔다. 발 뮈제트를 운영하던 여자의 남편은 택시를 몰았다. 그때, 그는 그러니까 해리가 아침 일찍 비행기를 타야 했을 때, 그를 깨우기 위해 문을 두드렸고, 출발하기 전에 바에서 각자 화이트 와인을 한 잔씩 마셨다. 그는 당시에 거기에 살던 이웃들을 전부 알고 지냈다. 다들 가난했기 때문이다.

광장 주위에는 두 부류의 사람들이 있었다. 술꾼과 스포츠광. 술꾼들은 술을 마시면서 가난을 잊었고, 스포츠광들은 운동을 하면서 가난이 주는 스트레스를 풀었다. 그들은 파리 코뮌의 후계자였기 때문에, 자신들의 정치 성향을 깨닫는 것은 그리 어려운 일이 아니었다. 그들은 누가 자신들의 아버지, 친척, 형제, 친구들을 총으로 쏘았는지를 알고 있었다. 코뮌 이후에 베르사유 군인들이 쳐

들어와서 마을을 함락한 후 손에 굳은살이 박이거나, 모자를 쓰고 있거나, 자신이 노동자라는 표시를 한 사람들은 누구든지 처형했기 때문이다. 그리고 그 가난 속에서, 말고기 가게와 포도주협동조합에서 거리를 두고 맞은편에 있던 그 동네에서 그는 자신이 적으려고 했던 글을 적었다. 그는 파리의 어떤 다른 곳도 그곳만큼 좋아하지는 않았다. 제멋대로 뻗은 나무들과 아래를 갈색으로 칠한, 오래된 하얀 회반죽을 칠한 집들. 둥근 광장을 돌던 기다란 녹색 버스. 보도를 물들이던 자주색 꽃들. 카디날 레모이네 거리에서 강의 언덕에서 갑자기 아래로 내려오던 것. 그리고 다른 길은 비좁고, 사람들이 많은 무프타흐 거리로 이어져 있었다. 거리는 만신전(萬神殿)과 다른 건물들까지 이어져 있었고, 그는 항상 자전거를 타고 다녔다. 도로에 유일하게 아스팔트가 깔려 있어서, 바퀴가 부드럽게 굴렀다. 높고, 좁다란 집들이 있었고, 폴 베를렌이 죽은 높다란 싸구려 호텔도 있었다. 아파트에는 방이 두 개밖에 없었고, 그들은 그곳에서 살았고, 그 호텔의 제일 위층에 방이 하나 있었다. 한 달에 육십 프랑을 내고 지내면서, 그는 그곳에서 글을 썼고, 그 방에서는 파리의 지붕들과 굴뚝 통풍관과 언덕들이 모두 한눈에 보였다.

아파트에서는 장작과 석탄을 파는 가게만 보일 뿐이었다. 그곳에서도 포도주를 팔았지만, 맛이 별로였다. 말고기 가게 밖에는 황금으로 된 말의 머리가 걸려 있었고, 노란 황금빛과 붉은색 말의 사체들이 매달려 있었다. 그들은 초록색으로 칠해진 협동조합에서 좋은 포도주를 싸게 샀다. 그 밖에는 회반죽을 칠한 벽들과 이웃들의 창문들이었다. 밤에 이웃들은 술에 취한 채로 거리에 드러누워서, 전형적인 프랑스 사람의 취기 속에서 (비록 그런 것은 없다고 선전되었지만) 신음했고, 창문을 열고 중얼거렸다.

"경찰관은 어디 있지? 원하지 않을 때 항상 골칫거리가 있단 말이야. 어떤 관리인 년과 자고 있겠지. 경찰관을 불러와."

누군가 창문으로 물을 한 양동이 부었고, 그제야 중얼거림이 멈췄다.

"이게 뭐지? 물이잖아. 아, 똑똑한데."

그러면 창문들이 닫혔다.

파출부인 마리는 낮에 여덟 시간을 일하는 것을 반대했다.

"남편이 6시까지 일하면, 집에 오는 길에 약간 취할 뿐, 돈을 많이 쓰지는 않아요. 하지만 5시까지 일하면, 매일 밤마다 술에 취해서 돈은 한 푼도 남지 않을 거예요. 노동자인 남편들이 일하는 시간이 점점 줄어들면, 힘든 사람은 바로 아내죠."

"수프를 좀 더 들지 않을래요?"
이제 여자가 물었다.
"아니, 괜찮아. 정말 맛있더군."
"조금만 더 드세요."
"난 위스키소다를 한잔하고 싶어."
"건강에 해로워요."
"맞아, 해롭지. 콜 포터 노래 중에 그런 게 있는데. 제겐 해로워요. 저 때문에 당신이 미쳐 간다는 생각을 하면."
"당신이 술 마시는 모습을 좋아하는 건 알잖아요."
"그래, 맞아. 몸에 해로워서 그렇지."
그녀가 가 버리면 마음껏 마셔야지. 그는 생각했다. 아니, 다 마셔 버려야지. 그런데 그는 피곤했다. 너무나 피곤했다. 그는 좀 더 자려고 했다. 그는 가만히 누워 있었고, 죽음은 그곳에 없었다. 어딘가 다른 거리로 간 게 틀림없었다. 죽음은 둘씩, 자전거를 타고, 보도블록 위를 소리 없이 지나갔다.

그렇다. 파리에 대해서 글을 쓴 적이 그는 한 번도 없었다. 파리가 마음에 걸리는 것은 아니었다. 그 밖에도 그가 쓰지 않았던 것들은 어떤가?
목장이며, 은회색 산쑥, 빠르게 흘러내리던 맑은 도랑물, 짙은 초록빛 자주개자리는 어떤가? 언덕 사이로 오솔길이 나 있었고, 한여름의 소 떼들은 사슴만큼 사람들 옆에 잘 오지 않았다. 가을에 데리고 내려올 때면, 소 떼들은 규칙적으로 시끄럽게 울었고, 느릿느릿 움직이면서 먼지를 일으켰다. 그리고 저녁에는 뾰족한 정상 너머로 해가 넘어갔고, 밝은 달빛을 받으며 기차가 계곡을 가로질러 갔다. 문득 그는 어두운 숲에서 앞이 보이지 않을 때, 말꼬리를 붙잡고 가로질러 내려오던 일이 기억났다. 쓰려고 했던 모든 이야기도.
그때 목장에 홀로 남겨진, 고지식한 심부름꾼 소년에 대한 이야기. 소년은 건초를 아무도 가져가지 못하게 하라는 지시를 받았고, 마을에 사는 한 노인이 먹을 것을 좀 얻으려고 지나가다가 들렀다. 예전에 소년이 밑에서 일할 때 때린 적이 있는 노인이었다. 소년은 거절했고, 노인은 한 번 더 때리겠다고 했다. 노인이 헛간에 들어오려고 하자, 소년은 부엌에서 엽총을 꺼내 와 노인을 쏘았다. 사람들이 목장에 왔을 때, 노인은 죽은 지 일주일이나 지났고, 울타리에 얼어붙어 있었고, 개들이 시체의 일부분을 먹은 상태였다. 하지만 남은 시체를 담요로 싸서 썰매에 실은 뒤에 밧줄로 묶고, 소년더러 썰매를 끄는 것을 돕게 한 뒤에, 둘이서 썰매를 길 위로 옮긴 후 스키를 신고, 소년을 경찰에 넘기기 위해 100킬로미터 정도 떨어진 마을로 내려갔었다. 소년은 자신이 체포되리라고는 꿈에도 몰랐다. 자기는 마땅히 할 일을 했고, 나를 동료로 생각했고, 자신은 보상을 받을 거라고 생각했다. 노인이 얼마나 못되게 굴었으며, 자기 게 아닌데도 먹을 것을 훔치려고 했었는지를 다른 사람들에게 알리기 위해 소년은 노인 나르는 일을 도왔다. 그래서 보안관이 소년에게 수갑을 채웠을 때, 소년은 도저히 믿을 수 없었다. 그 순간, 소년은 눈물을 흘리기 시작했다. 이것도 쓰려고 아껴 둔 이야기 중 하나이다. 그는 좋은 이야깃감을 스무 개는 알고 있었지만, 단 하나도 쓰지 않았다. 왜 그랬을까?

"왜 그랬는지를 사람들에게 말해 줘."
그는 말했다.
"뭘 말인가요?"
"아무것도 아냐."
그와 지낸 뒤로 그녀는 예전처럼 술을 많이 마시지는 않았다. 하지만 혹시 죽지 않게 되더라도 그녀에 대한 글은 절대 쓰지 않으리라는 것을 그는 이제 알았다. 그녀 외에 부자들에 대한 것은 그 어떤 것도 쓰지 않을 작정이었다. 부자들은 따분했고, 술을 많이 마셨으며, 도박을 많이 했다. 늘 같은 생활을 반복했다. 그는 부자들에게 경외심을 가지고, 그들을 낭만적으로 생각하던 불쌍한 줄리앙을 떠올렸다. 그가 예전에 "엄청난 부자들은 당신이나 나와는 다른 인간이다."라는 문장으로 이야기를 시작하던 것도 떠올렸다. 그러자 누군가 줄리앙에게 대꾸했었다. 그래, 우리보다 돈이 많지. 하지만 줄리앙은 그 말이 재미있다고 생각하지 않았다. 그는 부자들이 매력적인 특별한 종족이라고 생각했지만, 그렇지 않다는 것을 알게 되자, 다른 것들처럼 그를 무너뜨렸다.

그는 무너진 사람들을 경멸해 왔다. 그런 사람들을 이해한다고 해서 꼭 좋아할 필요는 없었다. 신경 쓰지 않으면, 어떤 것도 그를 다치게 할 수 없기 때문에, 뭐든지 부술 수 있다고 그는 생각했다.

좋아. 이제 그는 죽음을 신경 쓰지 않기로 했다. 그가 늘 두려워했던 것은 통증이었다. 그도 다른 사람들처럼 통증을 견딜 수 있었다. 하지만 통증이 너무 오래 지속되면서, 그를 지치게 했고, 뭔가 끔찍할 정도로 아프게 하는 뭔가가 있었고, 통증이 그를 부순다고 막 느껴질 때, 통증이 멎었다.

그는 오래전 밤에 윌리엄슨 장교가 철조망을 뚫고 들어가려다가 어느 독일 순찰병이 던진 수류탄을 맞고, 비명을 지르면서, 보는 사람마다 자신을 죽여 달라고 빌던 일이 생각났다. 뚱뚱했던 그는 자신을 약간 아주 좋게 과시하는 면이 있기는 했지만, 무척 용감하고 뛰어난 장교였다. 하지만 그날 밤 그는 철조망에 걸렸고, 조명탄이 올라오면서 그의 내장이 철조망 너머로 쏟아져, 사람들이 그를 산 채로 데려오기 위해서는 내장을 잘라 내야 했다. 해리, 날 총으로 쏴 줘. 이런 제기랄, 그냥 쏘란 말이야. 하느님은 우리가 감당 못 할 일은 겪게 하지 않는다는 문제로 그들은 논쟁을 벌인 적이 있었고, 누군가 어느 순간 고통이 저절로 지나간다는 의견을 내놓았다. 하지만 해리는 늘 그날 밤 윌리엄슨을 떠올렸다. 어떤 고통도 윌리엄슨을 그냥 지나가지 않았다. 해리는 자기가 쓰려고 아껴 둔 모르핀 정제를 다 먹였지만, 바로 효과가 나타나지 않았던 것이다.

그렇지만 지금 이 상태는 아주 편했다. 더 나빠지지만 않는다면, 걱정할 일이 전혀 없었다. 더 나은 사람들과 함께 있었으면 좋겠다는 것 말고는.
그는 함께 지냈으면 하는 사람들에 대해 생각해 보았다.
아니지. 뭘 하든지 간에 넌 너무 오랫동안 하거나, 늦게 해서 사람들이 거기에 있기를 바랄 수는 없어. 사람들은 전부 사라질 테니까. 잔치는 끝났어. 넌 이제 네 마나님과 함께 있는 거라고.
다른 것들처럼 죽어 가는 일도 지겹군. 그는 생각했다.

"지겨워."

그는 큰 소리로 말했다.

"뭐라고 했어요?"

"당신은 뭐든지 너무 오랫동안 한다고."

그는 불에 비친 그녀의 얼굴을 보았다. 그녀는 등을 기댄 채로 의자에 앉아 있었고, 불빛은 그녀의 주름진 얼굴을 비추었다. 그녀가 졸린 것을 알 수 있었다. 그는 불빛 바로 옆에서 하이에나가 우는 소리를 들었다.

"글을 쓰고 있었어. 근데 좀 피곤하네."

그가 말했다.

"잠이 올 것 같아요?"

"그럼. 자는 게 어때?"

"여기에 당신과 함께 앉아 있고 싶어요."

"뭔가 이상한 느낌이 들지 않아?"

그는 여자에게 물었다.

"아니요. 약간 졸려요."

"난 뭔가 이상해."

그는 말하는 순간, 죽음이 다시 자신의 곁을 지나가는 게 느껴졌다.

"유일하게 내가 잃어버리지 않은 게 호기심이라는 것을 알지?"

그는 여자에게 말했다.

"당신은 잃은 게 하나도 없어요. 제가 아는 가장 완벽한 남자예요."

"젠장. 여자들은 아무것도 모른다니까. 뭐라고? 그게 당신의 직감이야?"

그가 말했다.

바로 그때, 죽음이 다가와서 야전침대 발치에 머리를 올려놓았다. 그는 죽음의 입김을 느낄 수 있었다.

"죽음이 항상 커다란 낫을 든 해골과 같은 모습으로 찾아온다고는 생각하지 마."

그는 여자에게 말했다.

"자전거를 탄 두 명의 경찰관일 수도 있고, 새가 될 수도 있어. 아니면 하이에나처럼 둥근 코를 가지고 있을지도 모르지."

이제 죽음은 그의 몸 위로 올라왔지만, 아무런 형체도 지니지 않았다. 공간만 차지할 뿐이었다.

"저리 가라고 해."

죽음은 저리 가지 않고, 오히려 점점 더 가까이 다가왔다.
"입김에서 지독한 냄새가 나는데. 이 냄새 지독한 놈아."
그는 죽음에게 말했다.

죽음은 그에게 점점 더 가까이 다가와서, 이제 그는 죽음에게 말할 수 없었고, 죽음은 그가 말을 못 하는 모습을 보자 더욱 가까이 왔다. 그는 말을 하지 않은 채 죽음을 멀리 쫓아 보내려고 애를 썼고, 죽음이 그의 몸 위로 올라오자, 가슴을 짓누르는 죽음의 무게가 느껴졌고, 죽음이 그곳에 쭈그리고 앉아 있는 동안 그는 움직일 수도, 말을 할 수도 없었고, 귀에는 여자의 말소리가 들렸다.

"브와나는 이제 잠들었다. 야전침대를 조심스럽게 들어서 텐트 안으로 갖다 놓으렴."

그녀더러 죽음을 멀리 쫓아 달라고 그는 말할 수 없었다. 이제 죽음은 쭈그리고 앉아 있었는데, 더 무거워져서 그는 숨을 쉴 수 없었다. 그런데 그때, 두 소년들이 침대를 들어 올리자 문득 괜찮아졌고, 가슴을 짓누르던 무게가 사라졌다.

* * *

 날이 밝았다. 날은 아까부터 밝았고, 그는 비행기 소리를 들었다. 비행기는 무척 작아 보였고, 넓게 원을 그리며 날았다. 소년들이 달려 나가서 등유로 불을 피웠고, 풀을 쌓아 올려서 평지 양끝에 커다란 모닥불이 두 개 만들어졌다. 아침 산들바람이 불어와서 야영지 쪽으로 불길을 보냈다. 비행기는 이번에는 낮게 두 바퀴를 더 돌더니, 저공비행을 하다가 미끄러져 내려왔고, 땅 위에 부드럽게 착륙했다. 그를 향해 걸어온 사람은 다름 아닌 콤프턴이었다. 갈색 중절모를 쓰고, 트위드 재킷에 슬랙스 차림이었다.
 "이봐, 무슨 일인가?"
 콤프턴이 말했다.
 "다리가 말썽이지. 아침을 들겠나?"
 그가 말했다.
 "고맙지만, 그냥 차나 한잔할게. 보다시피 비행기가 푸스모스 기종이라서 멤사히브는 모시고 갈 수 없네. 자리가 하나밖에 없으니까. 트럭이 오고 있네."
 헬렌은 콤프턴을 한쪽으로 데려가더니 뭐라고 말했다. 콤프턴은 어느 때보다도 쾌활한 얼굴로 되돌아왔다.

"자네를 바로 비행기에 태울 거야. 멤사히브는 나중에 데리러 올 거야. 유감스럽지만 중간에 아루샤에 들러서 연료를 채워야 하네. 바로 출발하는 편이 좋겠어."
콤프턴이 말했다.
"차는 어쩌고?"
"괜찮네. 꼭 안 마셔도 되네."
심부름꾼 소년들이 야전침대를 들고, 녹색 텐트를 돌아서, 바위를 따라 내려가 들판으로 나갔고, 이제 밝게 타오르는 모닥불을 지나갔다. 풀은 전부 타들어 갔고, 바람이 부채질을 해서 불길은 작은 비행기 쪽으로 향했다. 해리를 비행기에 태우기 힘들었지만, 일단 비행기에 타자 해리는 가죽 좌석에 등을 대고 누웠고, 콤프턴이 앉은 의자 옆으로 발이 길게 나왔다. 콤프턴은 시동을 건 뒤에 비행기에 올라탔다. 해리는 헬렌과 소년들을 향해 손을 흔들었고, 덜커덕덜커덕 소리가 점점 귀에 익은 엔진 소리로 바뀌자, 헬렌과 소년들은 콤프턴과 함께 주위의 흑멧돼지의 구멍을 살피면서 빙빙 돌았고, 소리를 질렀다. 비행기가 모닥불 사이로 난 긴 직선코스를 마지막으로 쿵 소리와 함께 상공으로 날아오르자, 저 아래 서서 손을 흔드는 사람들이 해리의 눈에 들어왔다. 언덕 옆에 있는 야영지는 이제 납작하게 보였고, 평원이 펼쳐져 있었고, 그 위로 수풀과 나무 둥치들이 납작하게 보였고, 사냥감들이 다니던 오솔길은 이제 마른 물웅덩이로 이어져 있었고, 그곳에는 그가 미처 알지 못했던 물이 새로 채워져 있었다. 얼룩말들은 이제 작고 둥근 엉덩이만 보였고, 영양들은 머리가 큰 점으로 보였다. 평원을 가로질러 움직이는 모습이 마치 산을 오르는 것처럼 보였다. 비행기 그림자가 다가가자 뿔뿔이 흩어졌다. 그들은 이제 작았고, 전속력으로 달리는 것처럼 느껴지지 않았다. 그리고 저 멀리 눈길이 닿는 곳의 평지는 이제 회색과 노란색이 섞여 있었고, 앞에는 트위드 재킷을 입은 콤프턴의 등과 갈색 중절모만 보일 뿐이었다. 그때, 그들은 첫 언덕을 넘었고 영양들은 그들을 따라 올라가고 있었다. 산을 넘자 갑자기 우거진 초록 산림이 나타났고, 벼랑에는 대나무들이 빽빽이 들어차 있었다. 그런 다음에 빽빽한 숲이 다시 나타났고, 조각을 한 것과 같은 정상들과 움푹 꺼진 곳을 지나서, 언덕이 아래로 내려가더니 또 다른 평지가 나타났다. 뜨거웠고, 자주색과 갈색의 중간색이었다. 열기 때문에 비행기가 흔들리자 콤프턴은 해리가 어떤지를 보기 위해 고래를 돌렸다. 그 순간, 앞에 어두운 산들이 나타났다.

그리고 그때, 그들은 아루샤로 계속 가지 않고 왼쪽으로 비행기를 돌렸다. 연료가 충분하다고 생각한 게 틀림없었다. 아래를 내려다보자 땅 위와 공중에 눈보라의 첫눈처럼 난데없이 분홍색 구름이 이는 것이 보였고, 해리는 그것이 남쪽에서 올라오는 메뚜기라는 것을 알았다. 그때 그들은 고도를 높이기 시작했고, 동쪽으로 가는 것 같았다. 그러더니 어두워졌고, 그들은 폭풍우 속에 있는 것 같았다. 비가 억수같이 내려서 그들은 폭포를 지나서 날아가는 것 같았다. 폭풍우를 빠져나오자 콤프턴은 고개를 돌려서, 씩 웃더니 앞쪽을 가리켰다. 그곳에 눈앞에는 세상처럼 웅장하고, 높고, 햇빛 아래에서 믿기지 않을 정도로 새하얀 킬리만자로의 평평한 정상이 보였다. 그 순간, 해리는 그곳이 바로 자신이 갈 곳임을 깨달았다.

바로 그때, 하이에나는 밤중에 낮게 흐느끼던 소리를 멈추고, 이상하게도 사람처럼 우는 소리를 냈다. 헬렌은 잠결에 그 소리를 듣자, 불안한 나머지 몸을 떨었다. 하지만 깨지는 않았다. 꿈에서 그녀는 롱아일랜드 집에 있었고, 딸이 사교계에 처음으로 나가기 바로 전날 밤이었다. 이상하게도 아버지도 거기에 있었는데, 몹시 무례하게 굴었다. 그때, 하이에나가 너무 큰 소리를 낸 바람에 헬렌은 잠을 깼고, 잠시 동안 자신이 어디에 있는지를 알지 못해서 무척 겁을 먹었다. 헬렌은 손전등을 들고, 잠든 해리를 옮겨 놓은 야전침대를 비췄다. 모기장 아래로 그의 커다란 몸집을 볼 수 있었지만, 어쩐 일인지 한쪽 발을 야전 침대 밖으로 내밀어서, 밑으로 늘어뜨려 있었다. 붕대가 전부 풀려 있었는데, 헬렌은 그 광경을 차마 눈뜨고 볼 수 없었다.

"몰로! 몰로!"

그녀가 소리쳤다.

"해리, 해리!"

그녀는 말했고 이윽고 목소리가 높아졌다.

"해리! 제발, 해리!"

아무런 대답이 없었고, 그녀는 그의 숨소리도 들을 수 없었다.

텐트 밖에서는 하이에나가 그녀를 깨웠던, 이상한 울음소리를 내고 있었다. 하지만 그녀는 가슴이 쿵쿵 뛰어서 그 소리를 듣지 못했다.

두 심장을 지닌 큰 강
1부

 기차는 철로를 따라 계속 올라가더니, 나무들이 불타 버린 언덕들 가운데 하나의 뒤로 사라졌다. 닉은 수하물 계원이 화물칸 문 밖으로 던진 텐트와 침구 묶음 위에 앉아 있었다. 철로와 화마가 휩쓸고 간 땅만 있을 뿐, 마을은 없었다. 시니 거리에 늘어서 있던 술집 열세 개는 아무런 흔적도 남아 있지 않았다. 맨션 하우스 호텔도 주춧돌만 땅 위에 튀어나와 있을 뿐이었다. 화재로 인해 돌은 금이 가고 갈라져 있었다. 시니 마을이 있었다는 흔적은 그것이 전부였다. 땅 표면의 흙조차 전부 불에 타 버렸다.

닉은 불타 버린 산허리를 보았다. 띄엄띄엄 있는 집들을 볼 수 있으리라고 생각했던 곳이었다. 닉은 철길을 따라 걸어 내려갔고, 이윽고 강 위에 세워진 다리에 도착했다. 저 아래에 강이 있었다. 물살이 다리의 통나무 교각에 부딪혀서 소용돌이가 쳤다. 닉은 갈색 자갈이 선명하게 비쳐 보이는 맑은 물속을 들여다보았다. 송어들이 지느러미를 움직이면서 물살 속에서 제자리에 가만히 있는 모습이 보였다. 닉이 지켜보자 송어들은 재빨리 방향을 틀어서 자신들의 위치를 바꾸었다가도, 빠르게 흐르는 물속에서 자세를 잡았다. 닉은 송어들을 오랫동안 지켜보았다.

　닉은 송어들이 물살에 코를 처박고 가만히 있는 모습을 보았다. 빠르게 흐르는 깊은 물속에 있는 많은 송어들은 다리의 통나무 교각에 부딪혀서 부풀어 오른 수면 때문에 약간 휘어져 보였다. 못의 가장 깊은 곳에는 커다란 송어들이 있었다. 닉은 처음에는 송어 떼들을 알아보지 못했다. 하지만 곧 커다란 송어들이 자갈과 모래 때문에 뿌연 호수 밑바닥에 가만히 있다가 물살 때문에 위로 떠오르는 모습을 볼 수 있었다.

　닉은 다리 위에서 물웅덩이 밑을 내려다보았다. 더운 날이었다. 물총새가 하천을 날아올랐다. 닉이 하천에서 송어를 본 것도 오랜만이었다. 송어들을 보자 무척 기분이 좋아졌다. 물총새의 그림자가 하천을 따라 위로 올라가자, 커다란 송어들은 상류로 비스듬히 휙 움직였고, 그림자만이 각도를 표시할 뿐이었다. 송어가 수면에 떠올라서, 햇볕을 받았을 때에는 그림자가 사라졌다. 송어가 다시 물 밑으로 들어갔을 때, 그림자는 그가 보고 있는 다리 아래까지 물살에 순순히 떠내려가 거기서 물살에 맞섰다.

송어가 움직이자 닉도 가슴이 뛰었다. 오래전에 느꼈던 감정이 되살아나는 것 같았다.

닉은 고개를 돌려서 강물을 내려다보았다. 강은 멀리까지 뻗어 있었다. 얕은 바닥에는 자갈이 깔려 있었고, 절벽 밑을 돌아 나가는 곳에는 큰 바위와 깊은 웅덩이가 있었다.

닉은 철로를 따라 자신의 짐이 놓인 잿더미 쪽으로 되돌아갔다. 그는 행복했다. 그는 짐 꾸러미의 벨트를 다시 조정했고, 끈을 단단히 잡아매어 배낭을 등 뒤에 꼭 붙였다. 두 팔을 어깨끈 안으로 넣고, 배낭에 이어진 넓은 띠를 이마에 대 무게를 분산했다. 그렇지만 여전히 무거웠다. 정말 너무 무거웠다. 그는 손에 가죽 낚싯대 통을 들고, 배낭의 무게를 어깨 위로 높게 유지하게 위해 몸을 앞으로 숙인 채, 철길을 따라서 난 길을 걸어갔다. 불타 버린 마을을 뒤로 한 채, 불에 그슬린 높은 언덕 주위를 돌아서 길을 벗어났다. 길 양쪽은 화마가 휩쓸고 간 언덕이 있었다. 닉은 무거운 배낭에 눌려서 어깨가 아픈 것을 느끼면서 길을 따라 걸어갔다. 길은 점점 오르막이 되었다. 언덕을 오르는 것은 힘든 일이었다. 닉은 근육이 아팠고 날도 더웠다. 하지만 행복했다. 모든 것을 뒤에 남겨둔 채로 떠난 것처럼 느껴졌다. 생각할 필요도, 글을 쓸 필요도, 그 밖의 다른 아무것도 필요가 없었다. 그 모든 것을 두고 떠나왔던 것이다.

  닉이 기차에서 내린 뒤로, 수하물 계원이 화물칸 문을 열고 자신의 배낭을 던진 그 순간부터 상황은 달라졌다. 시니는 불에 탔고 땅도 불에 타서 바뀌었지만, 그런 것은 중요하지 않았다. 전부 다 불에 탈 수는 없으니까. 닉은 알고 있었다. 그는 땀을 뻘뻘 흘리면서 길을 따라 걸었고, 철로와 소나무 숲 사이에 놓인 언덕을 가로질러서 올라가기 시작했다.

  길은 계속 이어졌다. 가끔씩 내리막이었지만 대부분 오르막이었다. 닉은 계속 올라갔다. 마침내 불에 타 버린 산

허리와 나란히 나 있던 길은 정상에 이르렀다. 닉은 그루터기에 몸을 기대고 배낭끈을 벗어 던졌다. 닉의 앞에는 온통 소나무 숲이 펼쳐져 있었다. 언덕 왼쪽에는 불타 버린 마을이 있었다. 어두운 소나무 숲이 들판 위로 솟아 있었다. 왼쪽 저 멀리에 강줄기가 있었다. 닉의 시선은 강줄기를 따라갔고, 햇살이 물에 남긴 빛 그림자를 보았다.

그의 앞에는 소나무 숲밖에 없었다. 저 멀리 푸른 언덕들이 슈피리어 호수를 표시하고 있었다. 멀리, 희미하게 있어서, 그의 눈에는 거의 보이지 않았다. 닉이 오랫동안 응시하면 그것은 보이지 않았다. 하지만 그가 다른 것을 보다가 슬쩍 보면, 땅 높이의 저 멀리 언덕들에 있었다.

닉은 불에 그슬린 그루터기에 몸을 기대고 앉았고, 담배를 한 대 피웠다. 그의 배낭은 그루터기 위에 균형이 잡힌 채로 놓여 있었고, 멜빵은 멜 준비가 되어 있었다. 그의 등은 텅 비어 있었다. 닉은 앉아서 담배를 피우며 마을을 내려다보았다. 지도를 꺼낼 필요가 없었다. 강을 보고 어디에 있는지를 알 수 있었다.

담배를 피우면서 발을 앞으로 길게 뻗었고, 메뚜기 한 마리가 땅에서 자신의 양말 위로 올라오는 모습을 보았다. 메뚜기는 완전히 검은색이었다. 그가 길을 따라 걸어 올라오자, 흙먼지 속에서 많은 메뚜기가 움직이기 시작했다. 전부 검은색이었다. 메뚜기들은 위로 날아오를 때, 덮여 있던 검은 날개 밑으로 누렇거나, 검붉은 날개를 꺼내지 않았다. 평소에 흔히 볼 수 있는 메뚜기들이었지만, 온통 색깔은 숯처럼 검은색이었다. 닉은 걸을 때, 이상하다고 느꼈지만, 정말로 메뚜기 생각을 하지는 않았다. 이제 자신의 양말을 무는 검은 메뚜기를 보면서, 닉은 메뚜기들이 불타 버린 땅에서 살면서 검게 변했다는 사실을 깨달았다. 닉은 불이 작년에 났던 게 틀림없다고 깨달았지만, 이제 메뚜기들은 전부 검은색이었다. 메뚜기들이 얼마나 오랫동안 그런 식으로 머물 것인지 의문이 들었다.

닉은 조심스럽게 손을 밑으로 뻗어서, 메뚜기의 날개를 붙잡았다. 그러고는 메뚜기를 뒤집었다. 메뚜기는 허공에 발길질을 했다. 메뚜기의 주름진 배를 보았다. 배도 물론 검은색이었지만, 등과 머리에 비해서 반짝였다.

"메뚜기야! 계속 앞으로 가."

닉은 처음으로 큰 소리로 말했다.

"어딘가 먼 곳으로 날아가렴."

닉은 메뚜기를 공중으로 던져 올렸고, 길을 가로질러 그루터기로 멀리 날아가는 모습을 보았다.

닉은 일어섰다. 그루터기 위에 배낭을 올려놓고 몸을 기대었고, 양쪽 멜빵에 팔을 넣었다. 언덕 꼭대기에서 배낭을 메고 서서 저 멀리 강까지 마을 주위를 보았다. 그는 길을 벗어나 언덕을 내려가기 시작했다. 땅은 걷기에 좋았다. 산비탈에서 182미터 아래에 방화선이 멈춰 있었다. 발목 높이까지 자란 부드러운 양치류를 걸어서 지나갔고, 뱅크스 소나무 그루터기가 있었다. 땅은 오르락내리락했고 발밑에는 모래가 깔려 있었고, 땅은 다시 살아나고 있었다.

닉은 해를 보고 방향을 정했다. 강의 어디를 가고 싶은지를 알고 있었고, 소나무 숲을 지나서 계속 걸어갔다. 다른 오르막들을 보기 위해 작은 오르막들을 올랐고, 때때로 오르막의 꼭대기에서 오른쪽과 왼쪽에 거대한 소나무 숲이 섬처럼 있는 것을 보았다. 그는 솜털이 달린 부드러운 양치식물의 잔가지를 꺾어서, 멜빵 밑에 끼워 넣었다. 끈에 쓸려 가지가 으깨졌고 그는 걸으면서 냄새를 맡았다.

그늘 한 점 없는 소나무 숲을 가로질러 걸어가자 닉은 무척 더웠고 이내 지쳤다. 왼쪽으로 꺾으면 언제든지 강으로 갈 수 있다는 것을 알고 있었다. 1.6킬로미터가 채 안 되는 것 같았다. 하지만 닉은 하루 동안 걸어서 되도록 강의 북쪽 상류에 도착하고 싶었다.

얼마간 걸어가자 닉은 완만하게 경사진 높은 땅 위에 소나무 숲이 자란 것이 보이는 곳에 도착했다. 닉은 아래로 내려갔다가, 다시 언덕 꼭대기를 향해 천천히 오르다가는 소나무 숲 쪽으로 방향을 돌렸다.

소나무 숲의 나무 아래에는 잡목이 자라지 않았다. 나무의 몸통들은 위로 곧게 뻗어 있거나, 서로를 향해 약간 기울어져 있었다. 몸통들은 위로 쭉 뻗어 있었고, 가지가 없이 갈색이었다. 가지들은 높이 뻗어 있었다. 가지들이 서로 얽혀서, 숲의 갈색 흙바닥에 짙은 그늘이 드리워진 곳도 있었다. 나무들이 자란 구릉 주위에는 땅이 드러나 있었다. 닉이 걷는 땅 위는 갈색이었고 부드러웠다. 바닥은 소나무 잎으로 덮여 있었고, 높은 가지들의 폭 너머까지 뻗어 있었다. 나무들은 키가 높게 자랐고 가지들도 높이 올라가서, 전에는 그늘졌던 곳이 지금은 해가 들고 있었다. 숲가에는 선명하게 부드러운 양치식물들이 있는 것이 보였다.

닉은 배낭을 재빨리 훌훌 벗어 던지고 그늘 아래 누워서 소나무 숲을 올려다보았다. 그는 몸을 쭉 펴고 목과 등을 땅에 대고 쉬었다. 땅에 등을 대고 누우니 느낌이 좋았다. 닉은 나뭇가지 사이로 하늘을 올려다보았고, 두 눈을 감았다가 뜨고 다시 하늘을 올려다보았다. 저 높은 곳에 있는 가지들 사이로 바람이 불고 있었다. 그는 다시 눈을 감았고 잠들었다.

잠에서 깬 닉은 몸이 뻣뻣하고 쥐가 났다. 해가 거의 저물었다. 배낭이 무거워서 들어 올릴 때 어깨끈 부분이 아팠다. 닉은 배낭을 맨 채로 몸을 구부려서 가죽 낚싯대 가방을 들어 올렸고, 소나무 숲에서 나와 부드러운 양치류를 가로질러서 강을 향해 갔다. 1.6킬로미터도 채 안 된다는 것을 알고 있었다.

닉은 나무의 그루터기로 덮인 산비탈을 내려와서 들판으로 갔다. 들판의 끝에는 강이 흐르고 있었다. 닉은 강에 도착할 수 있어서 기뻤다. 초원을 가로질러서 상류 쪽으로 걸어갔다. 걷고 나자 이슬에 바지가 젖었다. 더웠던 날 다음 날에는 일찍부터 이슬이 많이 내렸다. 강은 고요했다. 강물은 무척 빠르지만 부드럽게 흘러가고 있었다. 초원의 끝에서 텐트를 치기 전에 지대가 높은 곳에 올라, 송어가 오르는 강을 내려다보았다. 해가 질 때, 송어들은 개울의 다른 쪽에 있는 웅덩이에서 나왔다. 송어들은 벌레를 잡기 위해 물에서 뛰어올랐다. 닉이 시내를 따라 뻗어 있는 들판을 걸어가는 사이에 송어들은 물 위로 높게 뛰어올랐다. 닉이 강 하류 쪽을 보니, 벌레들이 수면 위에 자리를 잡고 있는 게 분명했다. 송어들은 시내를 내려오면서 벌레들을 야금야금 잡아먹고 있었다. 닉의 눈에 보이는, 강의 저 아래까지 송어들은 위로 뛰어올라, 수면에 둥근 잔물결을 만들고 있었다. 마치 비가 내리기 시작하는 것처럼 보였다.

땅은 위로 솟아올라 있었고, 숲이 우거지고 모래로 덮여 있었다. 초원과 강과 습지를 내려다보고 있었다. 닉은 배낭과 가죽 가방을 내려놓고, 평평한 땅을 찾기 시작했다. 그는 무척 배가 고팠지만, 음식을 만들기 전에 텐트를 치고 싶었다. 두 그루 뱅크스소나무 사이 땅이 평평했다. 배낭에서 도끼를 꺼내 땅 위로 튀어나와 있는 뿌리를 두 개 잘랐다. 그러자 잠을 잘 만한 평평한 공간이 넓게 나타났다. 닉은 손으로 모래흙을 평평하게 깔았고, 양치식물을 모두 뿌리까지 뽑았다. 손에서는 풀 냄새가 향긋하게 났다. 파헤쳐진 땅을 평평하게 만들었다. 담요 밑이 울퉁불퉁한 것을 원하지 않았기 때문이다. 일단 땅을 평평하게 만든 뒤에 담요를 세 개 펼쳤다. 하나는 반으로 접어서 땅 옆에 두었고, 나머지 두 개는 위에 펼쳐 놓았다.

닉은 도끼로 그루터기에서 소나무를 좁고 길게 잘라 냈고, 그것을 텐트용 말뚝으로 쓰기 위해서 잘게 쪼갰다. 말뚝이 길고 단단해서 땅에 힘 있게 박혀 있기를 원했다. 텐트를 꺼내서 땅 위에 펼쳐 놓자, 뱅크스소나무에 기대어 놓은 배낭이 훨씬 더 작아 보였다. 닉은 텐트의 들보로 쓰기 위해 줄의 다른 쪽 끝을 잡아당겨서 땅 위에서 끌어올렸고, 그것을 다른 소나무에 연결했다. 텐트는 마치 빨랫줄에 걸린 캔버스 담요처럼 줄 위에 걸려 있었다. 닉은 자신이 잘라 낸 기둥을 캔버스 천 뒤쪽 아래에 찔러 넣었고, 옆쪽을 팽팽하게 만들어서 텐트를 만들었다. 닉이 도끼머리로 텐트 줄 고리를 땅속에 깊이 넣자, 텐트가 팽팽해졌다.

닉은 모기를 쫓기 위해 텐트 입구에 모기장을 달았다. 그는 모기장 밑으로 기어 들어갔고, 배낭에서 꺼낸 여러 물건을 텐트의 머리맡 비스듬한 곳에 두었다. 갈색 텐트 안으로 빛이 새어 들어왔고, 텐트 천에서는 기분 좋은 냄새가 났다. 이미 그곳은 뭔가 신비스럽고 집처럼 아늑하게 느껴졌다. 텐트 안에 기어 들어갈 때 닉은 행복했다. 하루 종일 행복하지 않았지만 오늘은 달랐다. 이제 할 일을 마쳤고 그는 무척 피곤했다. 다 끝났다. 자신의 텐트를 만든 것이다. 그는 자리를 잡았다. 어떤 것도 그에게 영향을 미칠 수 없었다. 텐트를 치기 좋은 곳이었다. 그는 그곳에 있었다. 좋은 곳이었다. 그는 자신이 만든 집 안에 있었다. 그는 이제 배가 고팠다.

그는 모기장 밑으로 기어서 밖으로 나왔다. 밖은 꽤 어두웠다. 텐트 안이 더욱 밝았다.

그는 배낭을 뒤졌고, 손가락으로 더듬거려서 배낭의 가장 아래에 있던 긴 못을 찾아냈다. 못을 소나무에 대고 도끼머리로 부드럽게 쳐서 박았다. 못에 배낭을 걸었다. 그의 모든 저장품은 배낭에 들어 있었다. 그리고 그것들은 이제 땅에서 떨어져서 안전해졌다.

닉은 배가 고팠다. 그토록 배가 고팠던 적은 없었던 것 같았다. 돼지고기와 콩 통조림을 땄고, 스파게티 한 캔은 프라이팬에 넣었다.

"기쁘게 지고 다녔으니까 난 이것들을 먹을 자격이 있어."

닉이 말했다. 어두운 숲 속에서 그의 목소리가 낯설게 들렸다. 닉은 다시 입을 열지는 않았다.
 도끼로 소나무 그루터기를 잘라서 불을 피웠다. 불 위에 석쇠를 놓았고, 석쇠 네 다리를 장화를 신은 발로 땅에 밟아 넣었다. 불을 피운 석쇠 위에 프라이팬을 올려놓았다. 그는 배가 더욱 고팠다. 콩과 스파게티가 데워졌고, 닉은 그것들을 흔들어서 함께 뒤섞었다. 보글보글 끓기 시작했고 작은 공기 방울들이 간신히 위로 떠올랐다. 좋은 냄새가 났다. 닉은 토마토케첩을 한 병 꺼냈고 빵을 네 조각으로 잘랐다. 작은 공기 방울들이 더욱 빠르게 생겨나기 시작했다. 닉은 불가에 앉아서 프라이팬을 들어 올렸다. 절반을 주석 접시에 부었다. 음식이 접시 위에 천천히 퍼졌다. 닉은 그것이 무척 뜨겁다는 사실을 알고 있었다. 토마토케첩을 약간 부었다. 그는 콩과 스파게티가 아직도 무척 뜨겁다는 사실을 알고 있었다. 그는 불을 보았다가 텐트 쪽으로 시선을 돌렸다. 그는 혀를 데어서 이 모든 것을 망치고 싶지 않았다. 수년 동안 그는 바나나 튀김을 한 번도 맛있게 먹은 적이 없었다. 식는 것을 기다릴 수가 없었기 때문이다. 닉은 음식 맛에 예민했다. 그는 무척 배가 고팠다. 강을 가로질러서 저 습지 안에, 거의 어둠 속에서 그는 안개가 피어오르는 것을 보았다. 그는 텐트를 한 번 더 살펴보았다. 완벽했다. 그는 접시에서 한 숟가락을 가득 떴다.

"아니, 이럴 수가."

그는 행복에 겨운 목소리로 말했다.

그는 빵이 있다는 것을 생각해 내기 전에 한 접시를 다 비웠다. 두 번째 접시는 빵으로 쓱쓱 닦아서 비웠다. 세인트 이그네이스 역에서 햄샌드위치와 커피를 먹은 뒤로 그는 아무것도 먹지 않았다. 굶는 것은 무척 좋은 경험이었다. 전에도 이처럼 배가 고픈 적은 있었지만, 만족스럽지는 않았다. 원한다면 몇 시간 전에 텐트를 다 칠 수도 있었다. 강에는 텐트를 치기 좋은 곳이 많았다. 하지만 지금 자리 잡은 곳이 좋았다.

닉은 그릴 밑에 소나무를 두 개 밀어 넣었다. 불이 확 타올랐다. 그는 커피를 끓일 물을 구하는 것을 깜빡했다. 배낭에서 접이식 캔버스 물통을 꺼내서 언덕을 걸어 내려갔고, 풀밭을 가로질러 강가에 갔다. 건너편 강둑은 하얀 안개로 덮여 있었다. 강둑에 무릎 꿇고 앉아서 물통으로 강물을 떴다. 풀 위에 꿇은 무릎이 차갑고 축축해졌다. 물통은 불룩해졌고, 강의 물살 때문에 끌어올리기 힘들었다. 물은 얼음처럼 차가웠다. 닉은 물통을 헹궜고 야영지까지 물을 가득 채워서 날랐다. 강물 저 위쪽은 그렇게 차갑지 않았다.

닉은 소나무에 대못을 하나 더 박았고, 물이 가득한 물통을 그곳에 걸어 놓았다. 커피 주전자에 물을 반쯤 채웠고, 석쇠 밑에 나무를 몇 조각 더 집어넣은 뒤에 주전자를 올려놓았다. 닉은 자신이 커피를 타던 방식이 생각나지 않았다. 이를 두고 홉킨스와 논쟁을 벌였던 일은 기억이 났지만, 어떤 게 자기 방식인지 기억나지 않았다. 결국 닉은 커피를 넣고, 주전자를 펄펄 끓이기로 마음먹었다. 그제야 이것이 원래 홉킨스의 방식이라는 것이 기억났다. 한때 그는 홉킨스와 사사건건 논쟁을 벌였다. 커피가 끓기를 기다리는 사이에 작은 살구 통조림을 땄다. 닉은 통조림 따는 일을 좋아했다. 그는 살구 통조림을 주석 컵에 부었다. 불 위에 올려놓은 커피를 보면서 그는 살구 시럽을 마셨다. 쏟지 않도록 조심하면서, 명상을 하면서, 살구를 먹어 치웠다. 살구는 생으로 먹는 것보다 통조림이 나았다.

그가 지켜보는 사이에 커피가 끓었다. 뚜껑이 들썩거렸고, 커피가 주전자 옆면을 타고 땅으로 흘러내렸다. 닉은 석쇠에서 커피를 내렸다. 홉킨스의 승리였다. 그는 살구를 담았던 빈 컵에 설탕을 넣었고 커피를 부어서 식혔다. 붓기에는 너무나 뜨거웠고, 커피 주전자의 손잡이를 잡기 위해 모자를 이용했다. 그는 컵을 주전자 안에 넣으려 하지 않았다. 특히 첫 번째 컵은 아니었다. 홉킨스는 항상 그런 식으로 커피를 만들었다. 홉킨스는 그것을 누릴 자격이 있었다. 그는 아주 진지하게 커피를 탔다. 닉이 알았던 사람들 중에서 가장 진지한 사람이었다. 무겁지는 않았지만 진지했다. 벌써 오래전 일이었다. 홉킨스는 입술을 움직이지 않고 말했다. 그는 폴로를 했다. 그는 텍사스에서 수백만 달러를 벌었다. 그는 시카고에 갈 차비를 빌렸다. 전보로 그의 유전에서 처음으로 석유가 터졌다는 소식이 전해졌을 때, 그는 돈을 부쳐 달라고 전보를 칠 수도 있었다. 그렇게 하면 너무 늦을 것이었다. 그들은 홉킨스의 애인을 금발의 비너스라고 불렀다. 홉킨스는 그녀가 자신의 진짜 애인인지 전혀 신경 쓰지 않았다. 홉킨스는 누구도 자신의 진짜 애인을 즐겁게 하지 못할 것이라고 매우 확신을 가지고 말했다. 그는 옳았다. 홉킨스는 전보가 왔을 때 멀리 가 버렸다. 그것은 검은 강 위에 있었다. 전보가 도착하는 데 여드레가 걸렸다. 홉킨스는 자신의 22구경 콜트 자동 권총을 닉에게 주었다. 그는 빌에게는 카메라를 주었다. 그런 식으로 그는 사람들이 그를 기억하게 했다. 그들은 내년 여름에 한 번 더 낚시를 가기로 했다. 홉킨스는 부자였다. 그는 요트를 가져오기로 했고, 그들은 모두 슈피리어 호수의 북쪽으로 가기로 했다. 그는 신이 났지만, 심각하지는 않았다. 그들은 안녕이라고 말했고, 다들 기분이 언짢아했다. 여행은 끝이 났다. 그들은 홉킨스를 그 뒤로 다시는 보지 못했다. 오래전 블랙 강 위에서 있던 일이었다.

닉은 커피를 마셨다. 홉킨스 식으로 말이다. 커피에서 쓴맛이 났다. 닉은 웃었다. 이렇게 이야기가 끝을 맺으면 좋겠다는 생각이 들었다. 마음속으로 일하기 시작했지만, 닉은 너무 피곤해서 그것을 억누를 수 있었다. 그는 주전자에 남아 있던 커피를 쏟아 버렸고, 사용한 커피 찌꺼기를 불에 넣었다. 그는 담배에 불을 붙였고 텐트 안으로 들어갔다. 그는 담요 위에 앉은 채로 신발과 바지를 벗었고, 바지 안에 신발을 넣고 돌돌 말아서 베개를 만들었다. 그런 뒤에 담요 사이로 들어갔다.

텐트 입구를 통해 그는 모닥불을 지켜보았다. 밤바람이 불 위로 불었다. 고요한 밤이었다. 주위에서는 아무 소리도 들리지 않았다. 닉은 담요를 덮고 편안하게 몸을 뻗었다. 모기 한 마리가 귓가에서 윙윙거렸다. 일어나 앉아 성냥에 불을 붙였다. 모기는 그의 머리 위, 텐트 천에 붙어 있었다. 성냥불을 재빨리 그곳에 가져갔다. 모기는 쉿 하는 소리를 내면서 불꽃 속에서 사라졌다. 성냥불이 꺼졌다. 닉은 다시 담요를 덮고 누웠고, 옆으로 돌아누워 눈을 감았다. 졸렸다. 잠이 오는 게 느껴졌다. 담요 밑에서 몸을 웅크리고 그는 잠들었다.

두 심장을 지닌 큰 강
2부

아침 해가 떠오르자, 텐트 안이 더워지기 시작했다. 닉은 텐트 입구까지 쳐진 모기장 밑을 기어서 밖으로 나갔다. 아침이 밝은 것을 보기 위해서였다. 밖으로 나올 때, 손에 닿은 풀이 축축했다. 닉은 양손으로 바지와 신발을 들었다. 해는 언덕 바로 위에 떠 있었다. 초원과 강과 습지가 있었다. 강 반대편에 있는 녹색 습지에는 자작나무들이 있었다.

이른 아침의 강물은 맑았고, 빠르면서도 잔잔하게 흘러갔다. 180미터쯤 아래에는 강을 가로질러 통나무가 세 개 놓여 있었다. 통나무들은 물이 부드럽고 깊게 흘러가게 했다. 닉이 보고 있을 때, 밍크 한 마리가 통나무로 강을 가로질러 갔고, 습지 안으로 들어갔다. 닉은 신이 났다. 이른 아침에 강 옆에 있어서 말이다. 그는 아침을 먹으려고 평소보다 서둘렀다. 아침을 어서 먹어야 한다는 것을 알고 있었다. 작은 불을 피웠고, 커피 주전자를 올려놓았다.

  주전자의 물이 끓는 동안, 그는 빈 병을 들고 높은 지대를 넘어서 풀밭으로 내려갔다. 풀밭은 이슬에 젖어 있었고, 닉은 햇볕에 이슬이 모두 마르기 전에 미끼로 쓸 메뚜기를 잡고 싶었다. 그는 미끼로 쓰기 좋은 메뚜기들을 많이 찾아냈다. 메뚜기들은 풀뿌리 가까이에 있었다. 줄기에 매달려 있을 때도 있었다. 메뚜기들은 차가웠고 이슬에 젖어 있었다. 햇볕이 그것들의 몸을 데우고 나서야 뛸 수 있었다. 닉은 중간 크기의 갈색 메뚜기들만 잡아서 병에 넣었다. 통나무를 뒤집자 아래쪽에 메뚜기 수백 마리가 있었다. 메뚜기들의 하숙집이었다. 닉은 중간 크기의 메뚜기를 오십 마리쯤 병에 넣었다. 그가 메뚜기를 잡는 사이에 햇볕에 몸을 데운 다른 메뚜기들이 뛰어오르기 시작했다. 메뚜기들은 뛰어오르며 날개를 폈다. 처음에 메뚜기들은 한 번 날아오르더니, 땅에 내려앉아서는 죽은 것처럼 꼼짝도 하지 않았다.

아침을 다 먹었을 때에야 닉은 메뚜기들이 가장 활기차다는 것을 알았다. 풀에 이슬이 맺히지 않았다면, 메뚜기를 한 병 채우는데 하루 종일 걸렸을 것이다. 게다가 모자로 쳐서 잡으면서 메뚜기들을 여러 마리 눌러 죽였을 것이다. 그는 흐르는 강물에 손을 씻었다. 그는 강 옆에 있어서 가슴이 뛰었다. 그런 뒤에 그는 텐트까지 걸어가야 했다. 병 안에 있던 메뚜기들은 이미 뻣뻣한 자세로 뛰어오르기 시작했다. 햇볕에 병 안도 데워져서, 메뚜기들은 한 덩어리로 뛰기 시작했다. 닉은 마개 대신 소나무 막대기를 끼워 넣었다. 병의 주둥이를 알맞게 틀어막아서, 메뚜기들이 밖으로 나오는 것을 막으면서도, 공기가 통할 수 있도록 틈을 충분히 남겨 놓았다.

그는 다시 통나무를 제자리에 갖다 놓았고, 매일 아침 그곳에서 메뚜기를 잡을 수 있다는 것을 알았다.

닉은 팔짝팔짝 뛰는 메뚜기들이 가득 든 병을 소나무의 몸통 옆에 기대어 놓았다. 재빨리 그는 메밀가루에 물을 타서 부드럽게 휘저었다. 메밀가루 한 컵에 물 한 컵. 그는 커피 주전자 안에 커피를 한 주먹 넣었고, 통조림에서 기름을 한 덩어리를 꺼내서, 달궈진 프라이팬 위에 놓았다. 연기가 나는 프라이팬 위로 닉은 메밀가루 반죽을 평평하게 부었다. 반죽은 용암처럼 퍼졌고, 기름이 타닥타닥 튀었다. 메밀가루 케이크의 주위가 단단해지기 시작했고, 갈색이 되더니, 이내 바삭바삭해졌다. 표면에서 부글부글 거품이 일더니, 구멍이 생기기 시작했다. 닉은 깨끗한 소나무 조각을 갈색으로 구워진 반죽 밑에 넣었다. 그는 프라이팬를 옆으로 흔들었고, 케이크는 프라이팬의 표면에서 떨어졌다. 뒤집다가 망치지는 말아야겠다고 닉은 생각했다. 닉은 케이크 아래에 돌아가면서 깨끗한 나무 조각들을 슬며시 끼워 넣었고, 그런 뒤에 뒤집었다. 프라이팬에서 평평하는 소리가 났다.

  요리가 끝나자 닉은 프라이팬에 기름을 다시 둘렀다. 그는 반죽을 모두 썼다. 크고 작은 플랩잭(두툼한 팬케이크-옮긴이)을 하나씩 더 만들었다.

  닉은 사과잼으로 덮인 플랩잭 큰 것과 작은 것을 먹었다. 닉은 세 번째 팬케이크에도 사과잼을 발라서 두 번 접었고, 기름종이에 싸서 셔츠 호주머니에 집어넣었다. 그는 배낭에 사과잼이 담긴 단지를 넣었고, 샌드위치를 두 개 만들기 위해 빵을 잘랐다.

닉은 배낭에서 커다란 양파를 하나 찾았다. 두 조각을 내고, 비늘처럼 얇은 껍질을 벗긴 뒤에 반쪽을 잘게 썰어서, 양파샌드위치를 만들었다. 그는 양파샌드위치를 기름종이로 싸서, 카키 셔츠의 다른 주머니에 넣고 단추를 잠갔다. 그는 석쇠 위에 프라이팬을 뒤집었고, 우유를 넣은 황갈색 커피를 마셨다. 야영지를 정리했다. 야영지로 좋은 곳이었다.

닉은 가죽 낚싯대 가방에서 플라이 낚싯대를 꺼내서 이어 맞췄다. 낚싯대 가방은 텐트에 툭 던져두었다. 그는 릴을 달았고, 플라이 로드 가이드(낚싯줄이 통과하는 둥근 고리. 낚싯대에 고정되어 있다.-옮긴이)를 따라 낚싯줄을 꿰었다. 실을 꿸 때에는 일일이 손으로 낚싯줄을 잡아야 했다. 그렇지 않으면, 무게 때문에 살짝 돌아갔다. 무거운 겹줄 플라이 낚시용 낚싯줄이었다. 닉이 오래전에 8달러를 주고 샀었다. 이 낚싯줄은 공중에서 뒤로 던졌다가, 앞으로 곧게 던질 수 있도록 무겁게 만들어졌으며, 무게가 나가지 않는 미끼도 던질 수 있었다. 닉은 알루미늄 목줄 상자를 열었다. 목줄들은 축축한 플란넬 패드 사이에 돌돌 감겨 있었다. 닉은 세인트 이그네이스행 기차에서 냉수기로 패드를 젖게 했다. 축축한 패드 사이에 놓아둔 장선으로 만든 목줄은 부드러워졌고, 닉은 목줄을 하나 풀어서 그것을 무거운 플라이 낚싯줄의 끝에 고리를 만들어서 연결했다. 그는 목줄의 끝에 낚싯바늘을 매달았다. 작은 낚싯바늘이 무척 가늘고 탄력이 있었다.

닉은 무릎 위에 낚싯대를 올려놓고 앉은 채로 낚싯바늘 통에서 바늘을 꺼냈다. 그는 매듭을 시험 삼아 당겨 보았고, 낚싯줄을 팽팽하게 잡아당겨서 낚싯대가 얼마나 휘는지 시험해 보았다. 느낌이 좋았다. 닉은 낚싯바늘에 손가락이 찔리지 않도록 조심했다.

그는 낚싯대를 들고, 반매듭으로 엮은 줄을 병목에 묶어 메뚜기가 든 병을 자신의 목에 걸고, 강으로 내려가기 시작했다. 뜰채는 벨트 고리에 매달려 있었다. 그의 어깨 너머로 기다란 밀가루 자루를 둘러메고 있었다. 줄은 그의 어깨 너머로 올라갔고, 자루가 다리에 철썩철썩 부딪혔다.

닉은 몸에 각종 장비들을 매단 것이 어색했지만, 한편으로는 자신이 전문가처럼 느껴져서 기분이 좋았다. 가슴에 메뚜기가 담긴 병이 흔들리면서 부딪혔다. 셔츠 가슴에 달린 주머니에는 점심과 낚시 도구 통이 들어 있어서 불룩했다.

그는 강물 속으로 한걸음씩 걸어 들어갔다. 정신이 번쩍 들었다. 바지는 다리에 꼭 달라붙었다. 신발 바닥으로 자갈이 느껴졌다. 차가운 물이 높아지자 정신도 번쩍 들었다.

다리에 빠른 물살이 부딪혔다. 닉이 들어간 곳은 물이 무릎까지 찼다. 닉은 물살을 헤치고 저벅저벅 걸어갔다. 신발 밑으로 자갈이 미끄러졌다. 그는 두 다리 밑으로 물이 소용돌이치는 것을 내려다보면서, 메뚜기를 꺼내기 위해 병을 기울였다.

메뚜기 한 마리가 병목에서 튀어나와 물속으로 들어갔다. 메뚜기는 닉의 오른쪽 다리에 생긴 물살 밑으로 가라앉았다가 약간 아래쪽으로 흘러 내려와서 수면 위로 떠올랐다. 메뚜기는 재빨리 수면 위로 떴고, 발버둥을 치고 있었다. 빠른 둥근 원이 생기더니 부드러운 수면을 부수면서 순식간에 메뚜기가 사라졌다. 송어가 잡아먹은 것이다.

다른 메뚜기 한 마리가 병 밖으로 머리를 내밀었다. 더듬이를 이리저리 움직이더니, 뛰어내리기 위해서 앞발을 병 밖으로 내밀었다. 닉은 메뚜기의 머리를 잡고, 가는 낚싯바늘을 턱에서부터 가슴을 지나 배의 끝부분까지 줄로 엮었다. 메뚜기는 앞발로 고리를 붙잡았고, 담뱃진처럼 보이는 갈색 침을 내뱉었다. 닉은 메뚜기를 물속에 떨어뜨렸다.

오른손에 낚싯대를 잡고, 물살을 거슬러 메뚜기가 달린 줄을 잡아당겼다. 그는 왼손으로 릴에서 낚싯줄을 풀려 나가게 했다. 닉은 작은 물살 속에서 메뚜기를 볼 수 있었다. 메뚜기는 사라졌다.
　입질하는 게 느껴졌다. 닉은 팽팽한 줄을 잡아당겼다. 처음으로 물고기가 입질을 한 것이었다. 물살을 가로질러서 살아 있는 것처럼 움직이는 낚싯대를 잡은 채로, 그는 왼손으로 낚싯줄을 잡아당겼다. 낚싯대가 갑자기 휙 구부러지더니, 송어는 물살의 흐름을 거슬러 올라가기 시작했다. 닉은 작은 놈이라는 것을 알 수 있었다. 그는 낚싯대를 공중으로 똑바로 들어 올렸다. 낚싯대가 휘어졌다.
　그는 송어가 물속에서 이리저리 움직이는 낚싯줄 옆으로 몸과 머리를 요동치는 것을 보았다.
　닉은 왼손으로 낚싯줄을 잡고, 물살에 힘겹게 요동치는 송어를 잡아당겼다. 송어의 등은 맑고 물로 덮인 자갈 색깔이었으며, 옆구리는 햇살에 비쳐서 반짝거렸다. 오른팔 밑에 낚싯대를 낀 채로 닉은 몸을 구부려서, 오른손을 강물 속에 집어넣었다. 그는 물에 젖은 오른손으로 송어를 잡았다. 송어는 그가 입에서 낚싯바늘을 빼내는 동안 잠시도 가만히 있지 않았다. 그는 송어를 다시 물속에 놓아 주었다.

송어는 물살 속에서 불안정하게 있더니, 돌 옆의 강 밑바닥에 자리를 잡았다. 닉은 오른손을 뻗어서 송어를 건드렸고 팔꿈치까지 물이 찼다. 송어는 물살 속에서 가만히 있었고, 돌 옆의 자갈 위에서 잠시 쉬었다. 닉이 손가락으로 송어를 건드리자 시원한 물속의 느낌이 전해졌는지, 송어는 가 버렸다. 강바닥의 그늘 속으로 가 버렸다.

'아무 일 없군. 좀 지쳤나 보네.'

닉은 생각했다.

송어를 만지기 전에 닉은 손을 물에 적셨다. 그래서 그는 송어를 뒤덮은 섬세한 점액을 망가뜨리고 싶지 않았다. 마른 손으로 만지면, 무방비로 드러난 몸을 하얀 곰팡이가 공격하게 된다. 몇 년 전에 강의 위아래로 낚시꾼들이 많은 곳에서 낚시를 했을 때, 닉은 하얀 곰팡이로 뒤덮인 송어들이 계속 떠내려와서 바위에 부딪히거나, 배를 보이면서 웅덩이에 둥둥 떠 있는 모습을 발견하게 되었다. 닉은 다른 낚시꾼들과 함께 강에서 낚시를 하고 싶지는 않았다. 일행이 아니면 그들은 낚시를 망쳐 놓았다.

그는 강물에서 허우적거렸다. 물살이 무릎 위에까지 찼

다. 45미터 정도 위에는 강을 가로지르는 통나무들이 쌓여 있었다. 닉은 미끼를 다시 걸지 않고, 손에 든 채로 물살을 헤치며 힘겹게 걸었다. 얕은 곳에서는 작은 송어들을 잡을 수 있다고 확신했지만, 닉은 작은 송어는 잡고 싶지 않았다. 이 시간대에 얕은 물속에는 커다란 송어들은 없을 터였다.

이제 물이 허벅지까지 차올랐다. 물은 날카롭고 차갑게 느껴졌다. 앞에는 통나무에 막힌 잔잔한 물이 있었다. 물은 잔잔했고 어두웠다. 왼쪽에는 풀밭의 더 낮은 곳이 있었고, 오른쪽에는 웅덩이가 있었다.

닉은 물살에 몸을 뒤로 기댔고, 병에서 메뚜기를 한 마리 꺼냈다. 그는 메뚜기에 낚싯바늘을 묶었고 행운을 빌기 위해 침을 뱉었다. 그때, 그는 릴에서 줄을 몇 미터 잡아당겼고, 메뚜기를 저 앞의 빠르고, 어두운 물 위로 던졌다. 메뚜기는 통나무 쪽으로 떠내려갔고, 그때 줄의 무게 때문에 물 밑으로 가라앉았다. 닉은 오른손으로 낚싯대를 들고, 줄이 손가락들 사이로 빠져나가게 했다.

입질이 느껴졌다. 낚싯대가 움직이더니 위협적이 되었고, 반으로 구부러졌으며, 줄은 팽팽해졌고, 물 밖으로 나오면서도 팽팽했다. 모든 것은 묵직하고, 위협적으로 당기는 힘 때문이었다. 닉은 끌어당기는 힘이 더 커지면서, 줄을 놓아 보낼 때 줄이 끊어지는 순간을 느꼈다.

줄이 빠른 속도로 풀리면서 릴에서 날카로운 기계음이 들렸다. 너무 빨랐다. 닉은 확인할 수 없었지만, 줄이 정신 없이 풀리면서 릴이 풀리는 소리도 높아졌다.

릴의 낚싯줄이 거의 다 풀리자, 닉은 흥분해서 심장이 멎는 것 같았고, 허벅지까지 차오른 차가운 물살에 맞서 몸을 뒤로 기대면서, 왼손 엄지로 릴을 세게 눌렀다. 엄지손가락을 플라이 릴의 프레임 안에 넣자니 영 어색했다.

닉이 줄을 누르자, 줄이 갑자기 팽팽해지더니 통나무 너머로 거대한 송어 한 마리가 물 밖으로 나왔다. 송어가 뛰어오르자 닉은 낚싯대의 끝을 아래로 내렸다. 하지만 줄을 느슨하게 하기 위해서 낚싯대의 끝을 떨어뜨릴 때, 이미 줄이 너무 팽팽해진 것을 느꼈다. 너무나 팽팽해진 것이다. 물론 목줄도 부러졌다. 분명히 낚싯줄은 탄성이 하나도 없어졌고, 건조하고 딱딱해졌다. 그런 뒤에 낚싯줄은 축 늘어졌다.

입이 바짝 마르고 심장이 뛰는 채로 닉은 줄을 잡아당겼다. 그렇게 커다란 송어는 생전 처음 보았다. 그렇게 무거울 때에는 들어서는 안 되었다. 그리고 그때, 물고기 뛰어오를 때, 몸집이 드러났다. 커다란 것이 마치 연어처럼 보였다.

닉은 손이 떨렸다. 줄을 천천히 감았다. 너무나 짜릿한 순간이었다. 닉은 약간 토할 것 같았고, 주저앉는 편이 더 나을 것 같았다.

낚싯바늘을 매달았던 목줄이 끊어져 있었다. 닉은 손으로 목줄을 들어 올렸다. 닉은 빛이 잘 들지 않는, 강 밑바닥 저 어딘가에, 입에 낚싯바늘이 걸린 채로, 자갈 바닥에 배를 대고 가만히 있을 송어를 생각했다. 닉은 송어가 이빨로 낚싯바늘이 달린 목줄을 끊는다는 것을 알았다. 낚싯바늘은 아가리 어딘가에 단단히 박혀 있을 것이다. 그는 송어가 화났다는 사실을 알고 있었다. 그만한 크기의 송어라면 화를 낼 만도 하다. 그게 바로 송어였다. 송어는 낚싯바늘에 단단히 물렸다. 바위처럼 단단히 말이다. 처음에는 마치 바위처럼 느껴졌다. 맹세코 진짜 커다란 놈이었다. 맹세코 내가 들어 본 송어 중에서 가장 큰 놈이었다.

닉은 풀밭 위로 기어 올라가서 섰다. 바지에서는 물이 흘러내렸고, 신발 밖으로 물이 나왔다. 신발에서 쩍쩍 물소리가 났다. 그는 자신의 느낌이 사라지는 것을 원하지 않았다.

그는 신발 속에서 물에 젖은 발을 꼼지락거렸고, 가슴에 달린 호주머니에서 담배를 한 대 꺼내 물었다. 그는 담뱃불을 붙였고, 성냥을 통나무 아래의 빠르게 흐르는 물속에 던져 넣었다. 작은 송어 한 마리가 성냥을 향해 수면으로 올라오더니, 휙 돌아서 되돌아갔다. 닉은 웃었다. 담배는 끝까지 피울 생각이었다.

그는 햇볕에 몸을 말리면서, 담배를 피우면서 통나무 위에 앉아 있었다. 햇살에 등이 따뜻했고, 앞쪽의 얕은 강은 굽이굽이 숲으로 흘러들었다. 얕은 웅덩이들은 눈이 부셨고, 커다란 바위들에는 물이끼가 끼어 있었고, 강둑을 따라 삼나무와 자작나무들이 있었다. 햇살 속에서 가지가 없는 통나무들은 따뜻했고 만져 보니 부드러워서 앉기에 좋았다. 껍데기는 회색이었다. 허탈함이 서서히 사라졌다. 어깨를 아프게 했던 흥분이 지나간 뒤에 날카롭게 찾아왔던 허탈함은 서서히 사라졌다. 이제 괜찮아졌다. 통나무 위에 놓여 있던 낚싯대의 목줄에 닉은 새로운 낚싯바늘을 달았고, 장선 목줄을 매듭으로 단단히 묶었다.

닉은 미끼를 달았고 낚싯대를 들어 올렸다. 물속에 들어가기 위해서 통나무 끝으로 걸어가기 시작했다. 그곳은 아주 깊지는 않았다. 통나무의 바로 밑과 저 너머에는 못이 깊었다. 닉은 습지 가까이의 얕은 여울을 걸어 다니다가 얕은 강바닥에 이르렀다.

왼쪽에 풀밭이 끝나고, 숲이 시작되는 곳에 거대한 느릅나무가 뿌리째 뽑혀 있었다. 나무는 폭풍우에 숲 쪽으로 쓰러져 있었고, 뿌리에는 흙덩어리가 달려 있었으며, 나무 안에는 풀이 자라고 있었다. 풀은 나무 안에서부터 강 옆의 단단한 강둑까지 자라고 있었다. 강은 뿌리가 뽑힌 나무 바로 옆을 지나갔다. 닉은 그곳에 서서 물살 때문에 얕은 강바닥이 바퀴 자국처럼 깊게 패여서 깊은 곳을 볼 수 있었다. 닉이 서 있는 곳은 자갈이 깔려 있었고, 그 너머에는 커다란 둥근 바위들이 많이 깔려 있었다. 나무뿌리 근처를 돌아 나가는 강바닥에는 이회암이 깔려 있었고, 깊이 팬 강바닥 사이에는 초록 수풀이 물살에 흐느적거리고 있었다.

닉은 어깨 너머로 낚싯대를 넘겼다가, 다시 앞으로 보냈다. 그러자 낚싯줄이 휘면서 강에서 가장 깊은 곳 중 한 곳에 떨어졌다. 송어 한 마리가 메뚜기를 물었고, 닉은 그놈을 끌어당겼다.

뿌리 뽑힌 나무를 향해 낚싯대를 길게 뻗으면서, 물살을 철벅거리면서 뒷걸음질하며 닉은 송어와 실랑이를 벌였다. 아래위로 마구 요동치면서, 낚싯대는 휜 채로 살아 있었다. 수풀에 걸릴 위험에서 벗어나서, 탁 트인 강으로 나왔다. 낚싯대를 잡은 채로, 물살을 거스르면서, 닉은 송어를 끌고 왔다. 강물의 흐름에 따라 아래로 천천히 움직였다. 닉은 머리 위로 낚싯대를 들어 올려서 송어를 뜰채 쪽으로 잡아당겼고, 그런 뒤에 끌어올렸다.

그물에 담긴 송어는 묵직했다. 그 모습을 보니, 등에는 반점이 있었고, 옆구리는 은색이었다. 닉은 낚싯바늘을 풀었다. 옆구리가 묵직해서 잡기에 좋았고, 커다란 아래턱이 쑥 나와 있었다. 그런 뒤에 송어를 어깨에 메고 있던, 기다란 자루에 집어넣었다.

닉은 물살을 거슬러서 자루의 입구를 벌렸고, 자루는 물로 묵직하게 채워졌다. 자루를 들어 올리자, 바닥과 옆에서 물이 흘러나왔다. 자루 밑 물속에 커다란 송어가 산 채로 있었다.

닉은 강 아래로 내려갔다. 닉의 앞에서 자루는 물속에 무겁게 있었고, 어깨를 끌어당겼다.

점점 더 뜨거워졌고, 등 뒤로 햇빛이 이글거렸다.

닉은 이미 커다란 송어를 한 마리 잡았다. 송어를 많이 잡을 생각은 없었다. 이제 강은 얕고 넓어졌다. 양쪽 강둑을 따라 나무들이 늘어서 있었다. 오전에는 왼쪽 강둑에 늘어선 나무들 아래로 작은 그늘이 만들어졌다. 닉은 그늘마다 송어들이 있는 것을 알고 있었다. 오후에 해가 언덕 쪽으로 움직이면, 강의 반대쪽 시원한 그늘 아래에 송어들이 있을 것이다.

가장 커다란 송어들은 강둑 가까이에 숨어 있을 것이다. 블랙 강의 둑 근처에서는 항상 커다란 송어들을 낚아 올릴 수 있었다. 해가 지면, 송어들은 모두 둑 근처에서 나와서 물살을 타고 움직였다. 해가 지기 바로 직전에, 햇빛이 물에 반사되어서 눈이 부실 때에는 물살 속 어느 곳에서든지 커다란 송어를 한 마리 잡을 수 있었다. 수면이 거울처럼 햇빛을 반사해서 눈이 부셨기 때문에 그 시간에 낚시하는 것은 사실 불가능했다. 물론, 상류에서는 낚시를 할 수 있었지만, 블랙 강에서는, 그리고 이곳에서는 물살에 뒹굴어야 했고, 깊은 곳에서는 몸 위로 물이 덮쳤다. 물살이 이렇게 센 곳에서는 상류에서 낚시하는 것은 그리 재미가 없었다.

닉은 강둑에 있는 깊은 구멍을 조심하면서, 길게 뻗은 얕은 지역을 따라 움직였다. 너도밤나무는 강 옆 가까이에서 자라고 있었다. 그래서 가지들이 물속에 드리워졌다. 강은 낙엽 아래로 되돌아갔다. 그런 곳에는 항상 송어가 있었다.

닉은 그런 구멍 속에서 낚시하는 것에 관심이 없었다. 가지에 바늘이 걸릴 것이 뻔했다.

하지만 아주 깊어 보였다. 닉이 메뚜기를 떨어뜨리자, 물살이 메뚜기를 수면 아래로 끌고 들어가 버렸고, 쭉 뻗은 가지들 아래로 데려갔다. 줄이 팽팽히 당겨졌고, 닉은 입질을 느꼈다. 송어는 심하게 몸부림쳤고, 가지와 나뭇잎 들이 반쯤 물 밖으로 몸을 내밀고 있었다. 닉은 줄을 세게 잡아 당겼으나 송어가 떨어져 나갔다. 닉은 줄을 감았고 손에 낚싯바늘을 든 채로 강을 따라 걸어 내려갔다.

닉의 앞에, 왼쪽 강둑 가까이에 커다란 통나무가 하나 있었다. 닉은 통나무의 속이 빈 것을 보았고, 그 안으로 강물이 부드럽게 흘러 들어가는 것을 보았다. 통나무의 양쪽에 작은 잔물결이 일었다. 물은 점점 깊어지고 있었다. 속이 텅 빈 통나무의 제일 위는 말라 있었고 회색이었다. 일부는 그늘 밑에 있었다.

닉이 메뚜기가 든 병을 막은 막대기를 뽑자, 메뚜기 한 마리가 막대기에 매달려 있었다. 메뚜기를 집어서, 낚싯줄에 묶은 뒤에 멀리 던져 올렸다. 낚싯대를 멀리 던졌고, 그래서 물 위에 있는 메뚜기는 텅 빈 통나무 속으로 흘러 들어가는 물살 위로 움직였다. 낚싯대를 낮추자, 메뚜기가 물 위로 떠올랐다. 묵직한 입질이 있었다. 닉은 끌어당기는 힘에 거슬러 낚싯대를 당겼다. 생생한 느낌을 제외하면, 낚싯바늘은 마치 통나무에 걸린 것 같았다.

그는 물고기를 강의 물살 밖으로 꺼내려고 노력했다. 송어는 요동을 치면서 끌려왔다.

낚싯줄이 느슨해졌고 닉은 송어가 가 버렸다고 생각했다. 그때 그는 아주 가까운 물살 속에서 낚싯바늘을 빼내려고 애쓰면서, 머리를 흔들고 있는 송어를 보았다. 송어의 입은 굳게 닫혀 있었다. 흐르는 맑은 물속에서 송어는 바늘과 실랑이를 벌이고 있었다.

왼손으로는 낚싯줄의 고리를 만들면서, 닉은 줄이 팽팽해지도록 낚싯대를 휘둘렀고, 송어를 그물 쪽으로 끌고 오려고 노력했다. 하지만 송어는 가 버렸다. 눈앞에서 사라졌고, 줄만 아래위로 빠르게 흔들리고 있었다. 닉은 물살을 거스르면서 송어와 실랑이를 벌였다. 휘어지는 낚싯대에 대항해서 송어가 물에서 몸부림치게 했다. 낚싯대를 오른손에서 왼손으로 바꿔 쥐었고, 자신의 몸무게를 실어서 송어를 상류로 이끌기 위해 낚싯대 위에서 실랑이를 벌였다. 그런 뒤에 송어가 그물에 들어가게 했다. 닉은 송어를 완전히 물 밖으로 꺼냈다. 그물에 묵직한 반원이 자리를 잡았고, 그물에서는 물방울이 뚝뚝 떨어졌다. 그는 낚싯바늘을 뺀 뒤에 송어를 자루 안에 넣었다.

그는 자루의 입을 벌렸고, 물속에서 살아 있는 송어 두 마리를 내려다보았다.

점점 깊어지는 물을 지나서, 닉은 속이 빈 통나무를 향해 저벅저벅 걸어갔다. 머리에서 자루를 내려놓았고, 송어는 물 밖으로 나오자 펄쩍 뛰었다. 그래서 송어가 물속에 깊이 있도록 자루를 매달아 두었다. 그때, 닉이 몸을 펴고 통나무 위에 앉자, 바지와 부츠에서 물이 흘러내렸다. 그는 낚싯대를 내려놓고, 통나무의 그늘진 곳을 따라 움직였고, 주머니에서 샌드위치를 꺼냈다. 그는 샌드위치를 차가운 물속에 담갔다. 부스러기가 물살에 떠내려갔다. 그는 샌드위치를 먹고 모자 가득 마실 물을 떴다. 물을 마시려고 하자 물이 흘러내렸다.

그늘 아래의 통나무 위에 앉아 있으니 시원했다. 닉은 담배를 한 대 꺼냈고, 불을 붙이기 위해 성냥불을 그었다. 성냥은 회색 나무에 작은 흠집을 내면서 푹 들어갔다. 닉은 통나무 옆에 기대어 딱딱한 곳을 찾아 그곳에 성냥을 그었다. 그는 강을 보며 앉아서 담배를 피웠다.

강 앞쪽은 좁아지면서 습지와 이어져 있었다. 강은 잔잔하게 흘렀고, 깊었다. 습지는 삼나무로 꽉 차 있는 것 같았다. 몸통이 다닥다닥 붙어 있었고, 가지들로 꽉 차 있었다. 이런 습지를 걸어서 건너가기란 불가능했다. 가지들은 무척 낮아서 움직이려면 거의 땅바닥을 기어야 했다. 가지를 뚫고 지나갈 수는 없었다. 이곳에서 동물들은 이런 식으로 살아갈 수밖에 없겠다고 닉은 생각했다.

닉은 뭔가 읽을거리를 가져왔으면 좋았겠다는 생각이 들었다. 뭔가 읽고 싶었다. 습지에는 다시 들어가고 싶지 않았다. 그는 강을 내려다보았다. 커다란 삼나무가 강을 가로질러서 기울어져 있었다. 저 앞에서 강은 습지로 흘러들었다.

닉은 이제 다시는 그곳에 들어가고 싶지 않았다. 물이 겨드랑이까지 차는 깊은 물속에 걸어 들어가려니까 거부감이 들었다. 그런 곳에서는 커다란 송어를 낚아도, 채로 건질 수가 없었다. 늪의 강둑들은 헐벗어 있었고, 커다란 삼나무들이 머리 위로 드리워져 있었다. 군데군데를 제외하면 해가 들지 않았다. 빠르게 흐르는 깊은 물속으로, 반쯤 비치는 햇빛 속에서 낚시를 하는 것은 절망적이었다. 늪에서 낚시를 하는 것은 절망적인 일이었다. 닉은 늪에서 낚시를 하고 싶지 않았다. 오늘은 더 이상 강을 따라 내려가고 싶지 않았다.

닉은 칼을 꺼내 편 뒤에 통나무에 꽂았다. 그런 뒤에 자루를 잡아당겼고, 손을 집어넣어서 송어를 한 마리 꺼냈다. 꼬리 가까이를 잡아서 통나무에 세게 내리쳤다. 살아 있는 송어는 손으로 잡기 어려웠다. 송어는 꿈틀거리더니, 몸이 뻣뻣해졌다. 닉은 송어를 그늘 밑에 통나무 위에 올려놓았고, 다른 송어도 같은 방식으로 목을 부러뜨렸다. 그는 통나무 위에 한 마리씩 놓아두었다. 좋은 놈들이었다.

닉은 송어들을 흐르는 강물에 씻었고, 항문에서 아가미 끝까지 갈랐다. 혀와 부레와 내장이 한 덩어리가 되어서 밖으로 나왔다. 둘 다 수컷이었다. 허연 이리(물고기 수컷의 배 속에 있는 정액 덩어리-옮긴이)가 기다랗게 있었으며, 부드럽고 깨끗했다. 내장은 깨끗하고, 잘 모여 있었고, 모두 함께 나왔다. 닉은 밍크에게 주려고 내장을 물가에 던졌다.

그는 송어를 흐르는 물에 씻었다. 송어를 물속에서 다시 잡았을 때, 송어는 꼭 살아 있는 것처럼 보였다. 아직 색깔은 그대로였다. 닉은 두 손을 씻고, 송어들을 통나무 위에서 말렸다. 그런 뒤에 그는 송어를 통나무 위에 펼쳐 둔 자루 위에 놓고, 둘둘 말아서 매듭을 묶은 후 뜰채 안에 넣었다. 칼은 아직 통나무에 박혀 있었다. 닉은 나무 위에서 칼을 씻은 뒤에 다시 주머니에 넣었다.

닉은 낚싯대를 손에 들고 통나무 위에서 일어났다. 뜰채는 묵직했다. 닉은 물속으로 걸어 들어갔고, 물방울이 수면 위로 튀었다. 그는 강둑을 올라갔고, 더욱 지대가 높은 숲속으로 들어갔다. 야영지로 돌아갈 생각이었다. 닉은 뒤를 돌아보았다. 나무들 사이로 강이 보였다. 앞으로도 늪에서 낚시할 수 있는 날은 많을 것이다.

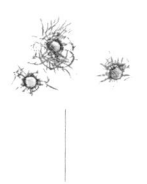

살인 청부업자들

헨리의 간이식당 문이 열리더니 두 남자가 들어왔다. 그들은 카운터에 앉았다.
"뭘 드릴까요?"
조지가 물었다.
"모르겠는데. 앨, 자넨 뭘 먹고 싶나?"
한 남자가 말했다.
"모르겠는데. 뭘 먹고 싶은지 모르겠어."
다른 남자가 말했다.
밖은 어두워지고 있었다. 창밖에 있는 가로등에 불이 들어 왔다. 카운터에 앉은 두 남자는 메뉴판을 보았다. 카운터 끝에 앉아 있던 닉 애덤스는 그들을 보았다. 남자들이 들어올 때, 닉은 마침 조지와 얘기를 나누던 중이었다.

"나는 사과소스, 으깬 감자가 함께 나오는 돼지고기 안심 구이로 하지."

처음 말을 꺼냈던 남자가 말했다.

"아직 준비되지 않았습니다."

"그럼 메뉴판에는 도대체 왜 넣은 거야?"

"그건 저녁 메뉴예요. 6시에 됩니다."

조지는 설명하면서, 카운터 뒤 벽에 걸린 시계를 보았다.

"이제 5시예요."

"저 시계는 5시 20분인데."

다른 남자가 말했다.

"시계가 20분 빨라서요."

"아, 시계는 아무래도 상관없어. 그럼 지금 먹을 수 있는 게 뭐지?"

처음 말을 꺼냈던 남자가 말했다.

"샌드위치 종류는 뭐든지 됩니다. 햄과 달걀, 베이컨과 달걀, 간과 베이컨, 아니면 스테이크도 됩니다."

조지가 대답했다.

"난 완두콩, 크림소스, 으깬 감자가 함께 나오는 치킨 크로켓으로 하지."

"그건 저녁 메뉴예요."

"우리가 먹고 싶은 건 죄다 저녁 메뉴로군. 응? 이런 식으로 일할 거야?"

"지금 되는 건 햄과 달걀, 베이컨과 달걀, 간⋯⋯."

"난 햄과 달걀."

앨이라는 남자가 말했다. 그는 중절모를 쓰고 있었고, 가슴을 단추로 채운 검은 외투를 입고 있었다. 작고 하얀 얼굴에 입을 굳게 다물고 있었다. 실크 머플러를 두르고 장갑을 끼고 있었다.

"난 베이컨과 달걀로 줘."

다른 남자가 말했다. 앨과 체격이 거의 비슷했다. 둘의 얼굴은 달랐지만 쌍둥이처럼 똑같은 옷을 입고 있었다. 둘 다 외투를 꼭 껴입고 있었다. 카운터에 팔꿈치를 기댄 채 앉아 있었다.

"뭐 마실 건 없어?"

앨이 물었다.

"실버비어, 베보(무알코올 음료-옮긴이), 진저에일이 있습니다."

조지가 대답했다.

"내 말은, 뭐 마실 게 없냐고."

"말씀드린 게 전부예요."

"정말 활기찬 동네로군. 이름이 뭐지?"

다른 남자가 물었다.

"서밋입니다."

"들어 본 적 있나?"

앨은 동료에게 물었다.

"아니."

친구가 말했다.

"여기선 밤에 뭣들 하지?"

앨이 물었다.

"저녁을 먹겠지. 다들 여기 와서 저녁을 거하게 먹겠지."

"네, 맞습니다."

조지가 말했다.

"틀림없지?"

앨이 조지에게 물었다.

"네, 그렇죠."

"꽤 똑똑한 친구이군. 그렇지?"

"네, 그렇습니다."

조지가 말했다.

"글쎄, 머리가 안 좋은 것 같은데. 앨, 이 친구가 똑똑하다고?"

다른 남자가 말했다.

"아니, 바보야."

앨이 말했다. 그는 닉을 향해 몸을 돌리더니 물었다.

"이름이 뭐지?"

"애덤스입니다."

"여기 똑똑한 친구가 한 명 더 있군. 맥스, 이 친구는 똑똑하지 않을까?"

앨이 말했다.

"이 마을에는 똑똑한 친구들이 많군."

맥스가 말했다.

조지는 카운터 위에 접시 두 개를 올려놓았다. 한쪽에는 햄과 달걀이, 다른 쪽에는 베이컨과 달걀이 놓여 있었다. 그는 사이드 메뉴로 감자튀김을 두 접시 내놓았고, 부엌으로 들어가는 배식구를 닫았다.

"어떤 게 손님 거죠?"

그가 앨에게 물었다.

"그것도 기억 안 나?"

"햄과 달걀을 주문하셨어요."

"역시 똑똑하군."

맥스가 말했다. 그는 몸을 앞으로 기울여서 햄과 달걀이 담긴 접시를 받았다. 둘 다 장갑을 낀 채로 밥을 먹었다. 조지는 그들이 밥 먹는 모습을 지켜보았다.

"뭘 보는 거지?"

맥스는 조지를 보며 말했다.

"아무것도 아닙니다."

"젠장, 보고 있었잖아. 나를 보고 있었다고."

"맥스, 저 친구가 농담으로 한 말일지도 몰라."

앨이 말했다.

조지가 웃었다.

"너는 쪼갤 필요가 없어. 너는 조금도 쪼갤 필요가 없다고. 알아듣겠어?"

맥스가 조지에게 말했다.

"네, 알겠습니다."

조지가 말했다.

"그래, 이 친구가 알겠다고 하는군. 알겠다고 말이야. 그거 재미있군."

맥스는 앨을 향해 말했다.

"아, 생각을 할 줄 아는 친구야."

앨이 말했다. 그들은 계속 식사를 했다.

"카운터 아래쪽에 있는 저 똑똑한 친구의 이름이 뭐지?"

앨이 맥스에게 물었다.

"어이, 똑똑한 친구. 카운터 안쪽으로 들어가 남자 친구와 함께 있어."

맥스가 닉에게 말했다.

"어떻게 할 작정이죠?"

닉이 물었다.

"뭘 어떻게 하려는 건 아니야."

"똑똑한 친구, 자네도 들어가는 게 좋을 거야."

앨이 말했다. 닉은 카운터 뒤로 돌아갔다.

"어떻게 할 셈이죠?"

조지가 물었다.

"자넨 신경 끄라고. 부엌에는 누가 있지?"

앨이 말했다.

"검둥이요."

"검둥이라니 무슨 뜻이지?"

"요리사 검둥이가 있다고요."

"부엌에서 나오라고 해."

"어떻게 할 셈이죠?"

"부엌에서 나오라고 하라니까."

"여기가 어디인 줄 알고 이러시는 건가요?"

"어디인지는 우리도 잘 알고 있지. 우리가 무슨 바보인 줄 알아?"

맥스라고 불리는 남자가 말했다.

"멍청하게 말을 늘어놓다니. 도대체 뭣하러 이 녀석과 목소리를 높이는 거지?"

앨이 조지에게 말했다.

"잘 들어. 검둥이보고 여기로 나오라고 해."

그가 조지에게 말했다.

"그에게 무슨 짓을 저지를 셈이죠?"

"아무 짓도 하지 않을 거야. 똑똑한 친구, 머리를 굴려 보라고. 우리가 검둥이에게 무슨 짓을 하겠나?"

조지는 부엌으로 이어지는 쪽문을 열고 불렀다.

"샘! 잠깐 와 보게."

쪽문이 열리더니, 검둥이가 나왔다.

"무슨 일이죠?"

그가 물었다. 카운터에 있던 두 남자가 그를 한 번 쳐다보았다.

"좋아, 검둥이. 거기에 똑바로 서 있어."

앨이 말했다.

샘은 앞치마를 두른 채로 서서 카운터에 앉은 두 남자를 보더니 말했다.

"네, 그러죠."

앨은 의자에서 내려왔다.

"검둥이와 이 똑똑한 친구는 나와 함께 부엌에 들어가지. 검둥이! 부엌에 다시 들어가. 똑똑한 친구! 자네도 마찬가지야."

그가 말했다. 키가 작은 남자는 닉과 샘을 따라 부엌으로 들어갔다. 그런 뒤에 문이 닫혔다. 맥스라는 남자는 카운터를 가운데 놓고 조지의 반대편에 앉아 있었다. 그는 조지를 보지 않고, 카운터 뒤편에 길게 걸려 있는 거울을 들여다보고 있었다. 헨리의 식당은 원래 예전에 라운지 바였다.

"음, 똑똑한 친구. 뭐라고 말 좀 해 보지?"

거울을 들여다보면서 맥스가 말했다.

"왜 이러시는 거죠?"

"이봐, 앨. 똑똑한 친구가 뭣 때문에 이러는지를 알고 싶어 하는데."

맥스가 소리쳤다.

"말해 주지 그래."

부엌에서 앨의 목소리가 들려왔다.

"우리가 왜 이런다고 생각해?"

"모르겠어요."

"어떻게 생각하냐고!"

맥스는 말하는 내내 거울을 들여다보고 있었다.

"말하지 않을래요."

"이봐, 앨, 여기 이 똑똑한 친구는 우리가 왜 이러는지 자기가 생각하는 것을 말하지 않겠다는군."

"여기서도 다 들려."

앨이 부엌에서 말했다. 그는 접시들이 드나드는 배식구

쪽문 사이에 케첩 통을 괴어 놓았다.

"똑똑한 친구, 잘 들어."

그는 부엌에서 조지에게 말했다.

"바에서 약간 떨어져서 서 있어. 맥스, 자네는 약간 더 왼쪽으로 가고."

그는 단체 사진을 찍은 사진사처럼 자리를 정했다.

"똑똑한 친구. 말해 봐. 무슨 일이 벌어질 거라고 생각해?"

맥스가 말했다. 조지는 아무 말도 하지 않았다.

"내가 알려 주지. 우리는 어느 스웨덴 놈을 죽일 거야. 올레 안드레손이라는 덩치 큰 놈을 알고 있지?"

맥스가 말했다.

"네."

"매일 저녁 여기에 밥 먹으러 오지?"

"올 때도 있죠."

"6시 정각에 오지. 그렇지?"

"네, 온다면요."

"똑똑한 친구, 우린 다 알고 있다고. 다른 얘기를 하지. 영화를 보러 가나?"

맥스가 말했다.

"네, 한 번씩 가죠."

"자네는 영화를 좀 더 자주 보러 가야 해. 자네처럼 똑똑한 소년에게 영화란 유익하니까."

"도대체 올레 안드레손은 왜 죽이려는 거죠? 당신들에게 그가 무슨 짓이라도 저질렀나요?"

"그럴 기회가 전혀 없었지. 우리를 본 적도 없으니까."

"우리를 꼭 한 번 보게 되겠지."

앨은 부엌에서 말했다.

"그럼, 왜 그를 죽이려고 하죠?"

조지가 물었다.

"친구를 위해서지. 똑똑한 친구. 그냥 친구를 돕기 위해서 말이야."

"입 닥쳐. 자네는 입이 너무 싸."

부엌에서 앨이 말했다.

"뭘, 나는 그냥 똑똑한 친구를 재미있게 해 주려고 한 것뿐이야. 똑똑한 친구, 내 말이 맞지 않아?"

"자네는 입이 너무 싸다니까. 검둥이와 내 똑똑한 친구는 저희들끼리도 잘 논다고. 수녀원의 여자 친구들처럼 얌전하게 묶어 놓았으니까."

앨이 말했다.

"자네도 수도원에 있었던 것 같은데."

"그건 아무도 모르지."

"자네는 코셔 수도원(유대교 수도원-옮긴이)에 있었잖아. 거기가 자네가 있던 곳이라고."

조지는 고개를 들어, 시계를 보았다.

"만약 누구든지 가게에 들어오려고 하면, 오늘은 요리사가 쉬는 날이라고 해. 그래도 계속 주문을 하려고 들면, 자네가 주방에 들어가서 직접 요리하겠다고 해. 알아듣겠어? 똑똑한 친구?"

"네, 알겠어요. 그 뒤에는 우리를 어떻게 할 셈이죠?"

조지가 말했다.

"자네 하기 나름이지. 당장 알 수 없는 일들 중 하나라고."

맥스가 말했다.

조지가 고개를 들어 시계를 보았다. 6시 15분이었다. 도로에 접한 가게 문은 열려 있었다. 그때 전차 운전사가 들어왔다.

"안녕? 조지. 저녁 식사 되나?"

그가 말했다.

"샘이 밖에 나갔어요. 30분 뒤에나 돌아옵니다."

조지가 말했다.

"저 위로 올라가는 편이 낫겠군요."

전차 운전사가 말했다. 조지는 시계를 보았다. 6시 20분이었다.

"잘했어. 똑똑한 친구. 자네는 예의 바른 꼬마 신사이군."

맥스가 말했다.

"혹시 일이 틀어지면, 내가 머리를 날려 버릴 것이라는 것을 알았나 봐."

부엌에서 앨이 말했다.

"아니. 그렇지 않아. 똑똑한 친구가 잘했어. 멋진 친구야. 마음에 들어."

맥스가 말했다.

6시 55분이 되자 조지가 말했다.

"안 오는군."

식당에 손님 둘이 더 왔다가 갔다. 한 남자 손님이 햄과 달걀 샌드위치를 가져가길 원해서 조지가 부엌에 들어갔다. 부엌에서 그는 앨이 중절모를 뒤로 삐딱하게 쓰고, 배식구 옆에 있는 걸상에 앉아 있는 모습을 보았다. 선반에는 총신을 짧게 자른 엽총의 총구가 걸쳐져 있었다. 구석에는 닉과 요리사가 등을 맞대고 묶여 있었고, 입에 수건이 묶여 있었다. 조지가 샌드위치를 만들어서 기름종이에 싼 뒤, 종이 가방에 넣어서 가지고 나왔다. 남자가 돈을 내고 밖으로 사라졌다.

"똑똑한 친구는 못하는 게 없다니까. 요리든 뭐든 다 하는군. 자네는 준비된 신랑감이군. 똑똑한 친구."

맥스가 말했다.

"그런가요? 한데 친구분 올레 안드레손은 오지 않을 모양입니다."

조지가 말했다.

"10분 더 기다려 보지."

맥스가 말했다.

맥스는 거울과 시계를 보았다. 시곗바늘은 7시를 가리켰고, 이윽고 7시 5분이 되었다.

"이봐, 앨. 가 봐야겠어. 안 오는데."

맥스가 말했다.

"5분만 더 기다려 보자고."

앨이 부엌에서 말했다.

5분 뒤에 한 남자가 들어왔고, 조지는 요리사가 몸이 좋지 않다고 말했다.

"도대체 다른 사람은 왜 안 구하는 거죠? 식당 문을 닫을 셈인가요?"

남자는 그렇게 묻고는 밖으로 나갔다.

"앨! 가자고."

맥스가 말했다.

"검둥이와 똑똑한 두 친구는 어떻게 할까?"

"괜찮아."

"정말?"

"그럼. 볼일은 다 봤으니까."

"마음에 들지 않아. 일 처리가 너무 엉성해. 자네는 입이 너무 싸다고."

앨이 말했다.

"아, 이런. 그래도 지루하지 않게 해 줘야지. 안 그래?"

맥스가 말했다.

"그래도 자네는 입이 너무 싸다고."

앨이 말했다. 그가 부엌에서 나왔다. 딱 붙는 외투의 허리 아래로 엽총의 잘라 낸 총신이 살짝 튀어나온 게 보였다.

그는 장갑 낀 손으로 외투를 매만졌다.

"잘 있게, 똑똑한 친구. 자네는 운이 아주 좋아."

앨이 조지에게 말했다.

"정말 그래. 경마장에 가서 돈을 걸어야 한다고, 똑똑한 친구."

맥스가 말했다.

두 남자는 식당 문을 나섰다. 조지는 창문으로 그들이 아크등 밑을 지나 거리를 건너가는 모습을 보았다. 외투를 꼭 껴입고, 중절모를 쓴 모습이 버라이어티 쇼에 나오는 코미디언들처럼 보였다. 조지가 회전문을 밀고 부엌에 들어가서 닉과 요리사를 묶은 밧줄을 풀었다.

"이런 일을 당하고 싶진 않아. 다시는 이런 일을 당하고 싶지 않다고."

요리사 샘이 말했다.

닉이 일어섰다. 수건으로 입에 재갈이 물려진 것은 난생 처음이었다.

"저, 대체 어찌된 일이에요?"

잔뜩 어깨에 힘이 들어간 목소리였다.

"그놈들은 올레 안드레손을 죽이려고 했어. 저녁을 먹으려고 들어올 때, 그를 쏘려고 했다고."

조지가 말했다.

"올레 안드레손을 말인가요?"

"그래."

요리사가 엄지손가락으로 입가를 만져 보았다.

"둘 다 갔어?"

요리사가 물었다.

"그럼. 그들은 이제 가 버렸어."

조지가 말했다.

"싫어. 이런 것은 정말 싫다고."

요리사가 말했다.

"잘 들어. 가서 올레 안드레손을 만나는 편이 낫겠어."

조지가 닉에게 말했다.

"네, 그렇게 할게요."

"이런 일에는 얽히지 않는 게 좋아. 되도록 멀리 떨어져 있는 게 좋다고."

요리사 샘이 말했다.

"내키지 않으면, 안 가도 돼."

조지가 말했다.

"끼어든다고 해서 네게 득이 될 일은 없을 거야. 되도록 떨어져 있어."

요리사가 말했다.

"가서 만나 볼게요. 그는 어디에 살죠?"

닉이 조지에게 말했다. 요리사는 고개를 돌리며 말했다.

"머리에 피도 안 마른 것들은 늘 자기가 내키는 대로 한다니까."

"허쉬네 하숙집에서 묵고 있어."

조지가 닉에게 말했다.

"제가 가 볼게요."

밖에서는 앙상한 나뭇가지 사이로 아크등 불빛이 빛나고 있었다. 닉은 전차 선로 옆 도로를 걸어 올라가다가, 다음 아크등에서 골목길로 들어섰다. 세 번째 집이 허쉬의 하숙집이었다. 닉은 두 계단을 올라가서 벨을 눌렀다. 문을 열고 한 여자가 나왔다.

"올레 안드레손 씨 계신가요?"

"그를 만나고 싶니?"

"네, 계시면요."

닉이 여자를 따라 층계를 올라갔고, 복도 끝으로 갔다. 여자가 제일 끝에 있는 방문을 두드렸다.

"누구요?"

"안드레손 씨. 누가 찾아왔어요. 닉 애덤스래요."

여자가 말했다.

"들어오시오."

닉이 문을 열고 방 안으로 들어갔다. 올레 안드레손은 옷을 다 입은 채, 침대 위에 누워 있었다. 그는 예전에 헤비급 프로 권투 선수였다. 그의 키에 비해 침대가 너무 작았다. 그는 베개를 두 개 받치고 누워 있었고, 닉을 보지 않고 물었다.

"무슨 일로 왔소?"

"저는 헨리의 식당에서 왔는데요. 두 남자가 갑자기 들어와서 저와 요리사를 묶고는 당신을 죽일 거라고 했어요."

닉은 말하는 자신이 바보처럼 느껴졌다. 올레 안드레손은 아무 말이 없었다.

"그놈들은 우리를 부엌에 가두었어요."

닉은 말을 이었다.

"그러고는 당신이 저녁을 먹으러 식당에 들어올 때, 총으로 쏘려고 했어요."

올레 안드레손은 벽을 보았고, 아무 말도 하지 않았다.
"조지는 제가 가서 이야기하는 게 좋을 거라고 했어요."
"내가 뭔가 할 수 있는 일은 없어."
올레 안드레손이 말했다.
"그 사람들이 어떻게 생겼는지 말해 줄게요."
"듣고 싶지 않아."
그가 말했다. 그는 벽을 보고 있었다.
"와서 얘기해 줘서 고맙군."
"뭘요."
닉은 침대에 누워 있는 거구의 남자를 보았다.
"제가 경찰을 한번 만나 볼까요?"
"아니, 그래 봤자 소용없어."
"뭔가 제가 할 수 있는 일은 없을까요?"
"아니, 할 수 있는 일은 없어."
"혹시 그냥 한번 겁을 준 것일지도 몰라요."
"아니, 그냥 한번 겁준 게 아니야."
올레 안드레손은 벽을 향해 돌아누웠다.
"그냥…… 밖에 나가고 싶지 않았어. 종일 방에 있었지."
그는 벽을 보면서 말했다.

"마을 밖으로 도망칠 수는 없나요?"

"아니, 도망치던 끝에 결국 여기까지 왔지."

그는 벽을 보고 있었다.

"이제 할 수 있는 일은 없어."

"어떻게든 해결할 수 없나요?"

"아니, 난 비위를 건드렸지."

그는 담담한 목소리로 말을 이었다.

"내가 할 수 있는 일은 없어. 좀 이따 밖으로 나갈지 마음을 정해야지."

"저는 이만 조지에게 가 봐야겠어요."

닉이 말했다.

"그래, 잘 가게. 이렇게 와 줘서 고맙군."

올레 안드레손이 말했다. 그는 닉을 보지 않았다.

닉은 밖으로 나갔다. 문을 닫을 때에도 올레 안드레손은 여전히 옷을 전부 입은 채로 침대에 누워서 벽 쪽을 보고 누워 있었다.

"종일 방에 있었어."

아주머니가 아래층에서 말했다.

"몸이 안 좋은 것 같더라고. 그래서 '안드레손 씨, 밖으로 나가서, 오늘처럼 좋은 가을 날씨에는 산책을 해야 해요.'라고 했는데, 그럴 기분이 아니었나 봐."

"밖에 나가고 싶지 않대요."

"몸이 안 좋아서 유감이야. 정말 멋진 사람인데. 알겠지만 예전에 링에도 올라갔었지."

여자가 말했다.

"네, 알아요."

"얼굴을 보지 않았다면, 권투 선수였다는 걸 전혀 몰랐을 거야."

여자가 말했다. 그들은 거리로 나가는 문 바로 안쪽에 서서 얘기를 나누었다.

"얼마나 순하고, 조용하다고."

"네, 그럼 안녕히 계세요. 허쉬 부인."

닉이 말했다.

"나는 허쉬 부인이 아니야."

여자가 말했다.

"허쉬 부인은 이 집 주인이고, 나는 그냥 대신 관리만 할 뿐이지. 나는 벨이라고 해."

"네, 안녕히 계세요. 벨 부인."

닉이 말했다.

"잘 가렴."

여자가 말했다.

닉은 어두운 거리를 걸어서 모퉁이에 있는 아크등 밑을 지났고, 전차 선로를 따라 헨리의 식당으로 돌아왔다. 조지는 카운터 뒤에 있었다.

"올레를 만났어?"

"네, 방에 있었어요. 밖에 나오고 싶지 않대요."

닉의 목소리가 들리자 요리사가 부엌에서 문을 열고, "난 조금도 듣고 싶지 않아."라고 말하더니 문을 닫았다.

"무슨 일이 있었는지 말했어?"

조지가 물었다.

"그럼요. 얘기했더니, 벌써 다 알고 있다고 했어요."

"그래서 어떻게 할 거래?"

"아무것도 하지 않을 거래요."

"그놈들이 죽일 거야."

"그러겠죠."

"시카고에서 무슨 일에 얽힌 것 같아."

"그런 것 같아요."

닉이 말했다.

"지옥이 따로 없군."

"정말 끔찍해요."

그들은 아무 말도 하지 않았다. 조지는 손을 뻗어서 행주를 잡더니, 카운터를 닦았다.

"그가 무슨 일을 저질렀던 것일까요?"

닉이 말했다.

"져 주겠다고 약속해 놓고 이겼겠지. 그래서 놈들이 죽이려는 거겠지."

"저는 이 동네를 떠나려고요."

닉이 말했다.

"그래. 그 편이 낫지."

조지가 말했다.

"누군가 자신을 죽일 거라는 사실을 알면서 방에서 기다리는 모습을 떠올리면 견딜 수가 없어요. 너무 끔찍해요."

"뭐, 아예 생각하지 않는 편이 낫지."

조지가 말했다.

어느 다른 나라에서

그곳에서는 항상 가을에 전쟁이 일어났지만, 우리는 더 이상 전선에 나가지 않았다. 이탈리아 북부에 있는 밀라노의 가을은 추웠고, 해도 아주 일찍 졌다. 그러면 전깃불이 들어왔고, 거리를 따라 걸으면서 진열장 안을 들여다보는 것은 즐거운 일이었다. 가게의 바깥쪽에는 사냥으로 잡은 동물들이 많이 있었다. 여우 털 위에는 눈가루가 쌓여 있었고, 바람이 불어서 꼬리가 흔들렸다. 사슴의 뻣뻣한 몸뚱이는 속이 텅 비어 있었지만 무거웠다. 작은 새들은 바람 속을 날아다녔고, 바람은 새들의 깃털 방향을 바꿔 놓았다.

산에서 바람이 내려오는, 어느 추운 가을날이었다.

  오후에는 우리 모두 병원에서 지냈다. 어스름이 내릴 때, 마을을 가로질러서 병원을 가는 길은 여러 가지가 있었다. 그중 두 개의 길은 수로를 따라 나 있었지만 길었다. 그렇지만 항상 수로 위로 난 다리를 건너갔다. 병원에 갈 때에는 세 다리 중에서 하나를 선택해야 했다. 한 다리 위에서는 한 여자가 군밤을 팔고 있었다. 숯불 앞에 서 있으면 따뜻했고, 호주머니에 군밤을 집어넣으면 따뜻했다. 병원은 아주 오래되고 아름다웠다. 대문을 지나 안마당을 가로질러 가서, 반대편 문으로 나올 수 있었다. 안마당에서는 항상 장례식이 열리고 있었다. 오래된 병원 건물을 지나면, 벽돌로 새로 지은 별관이 있었다. 우리는 그곳에서 매일 오후에 만났다. 우리는 다들 매우 고분고분했고, 중대한 일에 관심을 가지고 있었으며, 엄청난 차이를 만들어 내는 기계 속에 앉아 있었다.

  의사가 내가 앉은 기계로 다가오더니 물었다.

"전쟁이 일어나기 전에 제일 즐겨 했던 게 뭐죠? 운동을 했나요?"

"네, 축구를 했습니다."

나는 대답했다.

"좋습니다. 그 어느 때보다도 축구를 더 잘할 수 있을 겁니다."

의사가 말했다.

나는 무릎이 굽혀지지 않았고, 종아리가 없이 다리가 무릎에서 발목으로 곧바로 떨어져 내렸다. 그러면 기계가 무릎을 구부려서, 마치 세발자전거를 타는 것처럼 보였다. 하지만 무릎은 아직 굽혀지지 않았고, 그럴 때마다 기계가 덜커덕거렸다.

의사가 말했다.

"다 지나갈 거예요. 젊은 분이 운이 좋으세요. 우승 선수처럼 다시 축구를 할 수 있게 될 거예요."

옆에 있는 기계에는 소령이 있었다. 소령은 아기처럼 작은 손을 지니고 있었다. 두 가죽 끈이 뻣뻣한 손가락 위아래로 움직이면서 톡톡 두드렸다. 의사가 그의 손을 살펴볼 때, 그는 내게 윙크를 하면서 말했다.

"의사 선생님, 저도 축구를 할 수 있을까요?"

그는 뛰어난 펜싱 선수였고, 전쟁이 일어나기 전에는 이탈리아에서 가장 뛰어난 선수였다.

의사는 뒤쪽에 있는 사무실에 가더니, 사진을 한 장 들고 왔다. 치료를 받기 전에는 소령의 손처럼 작았지만, 치료를 받은 뒤에는 약간 더 커져 있었다. 소령은 성한 손으로 사진을 들고는 자세히 들여다보았다.

"부상을 입은 건가요?"

그가 물었다.

"산업 재해죠."

의사가 말했다.

"재미있군요. 재미있습니다."

소령이 말하고 사진을 다시 의사에게 넘겨주었다.

"뭔가 숨기고 있는 게 있나요?"

"아니요."

소령이 말했다.

나와 거의 나이가 비슷한 소년 세 명이 매일같이 왔다. 모두 밀라노 출신이었다. 각각 변호사와 화가와 군인이 되려고 생각하고 있었다. 기계 치료를 마친 뒤에 우리는 카페 코바까지 함께 걸어갈 때도 있었다. 카페 코바는 스칼라 바로 옆에 있었다. 우리는 모두 네 명이었기 때문에 공산주의자들의 구역을 가로질러 지름길로 걸어갔다. 사람들은 우리가 군인이었기 때문에 미워했고, 우리가 지나갈 때 포도주 가게에서 누군가 "아 바소 글리 유피칼리!"(이태리어로 "장교들을 타도하자!"라는 뜻-옮긴이)라고 크게 소리쳤다. 때로 우리와 함께 걸었던 한 소년은 얼굴에 검은 비단 손수건을 감싸고 있었다. 그 소년은 코가 없었고, 얼굴을 다시 세워야 했기 때문이었다. 그는 육사에서 훈련을 마친 후 처음으로 전방에 나간 지 한 시간 만에 부상을 입었다. 그들은 그의 얼굴을 다시 만들었지만, 그가 아주 오래된 가문 출신이어서, 코를 똑바로 맞추지는 못했다. 그는 남미에 가서 은행에서 일했다. 하지만 오래전에 일어난 일이어서, 우리는 누구도 그 뒤에 그가 어떻게 되었는지를 알지 못했다. 단지 전쟁이 항상 벌어졌지만, 전쟁에 더 이상 나가지 않을 것이라는 사실을 우리는 알고 있었다.

얼굴에 검은 천을 두른 소년을 제외하고, 우리는 모두 똑같은 훈장을 달고 있었다. 소년은 훈장을 받을 정도로 전방에 오래 있지 않았기 때문이다. 변호사가 되려는, 무척 창백한 얼굴을 지닌 키가 큰 소년은 이탈리아 돌격대 아르디티에서 소위로 있었고, 우리가 하나씩만 가지고 있는 훈장을 모두 세 개 지니고 있었다. 그는 죽음과 함께 아주 오랫동안 지내서, 약간 죽음을 초월한 것 같았다. 우리도 다들 약간씩 죽음을 초월해 있었고, 매일 오후 병원에서 만나는 것을 제외하면 우리는 아무런 공통점이 없었다. 어둠 속에서 마을의 험한 곳을 지나서 코바로 걸어갈 때, 와인 가게에서는 빛과 노래가 흘러나왔다. 때때로 남자와 여자들이 보도 위를 붐빌 때면, 우리는 도로로 들어서야 했고, 지나가기 위해서 그들을 거칠게 밀쳐야 했다. 우리를 싫어하거나 이해하지 못하는 사람들이 있는 그곳에 함께 있는 것만으로도 우리는 함께하는 느낌이 들었다.

우리는 모두 카페 코바를 잘 알고 있었다. 먹을 것이 넉넉했고 따뜻했으며 불빛이 너무 강하지도 않았고, 어느 특정한 시간만 되면 소란스러워지고 담배 연기가 피어올랐다. 게다가 테이블에는 항상 소녀들이 있었고, 벽과 선반에는 그림이 그려진 신문들이 있었다. 코바의 소녀들은 무척 애국심이 강했고, 이탈리아에서 가장 애국심이 강한 사람은 카페에 있는 소녀들이라는 사실을 나는 알게 되었다. 지금까지도 애국심이 강할 것이라는 생각이 든다.

소년들은 처음에는 내 훈장을 보더니, 어떻게 해서 훈장을 얻었냐고 예의를 갖추어서 물었다. 나는 소년들에게 신문을 보여 주었다. 신문은 무척 아름다운 언어로 쓰여 있었고, 프라텔란자(동지애-옮긴이)와 아브네가지오네(거부-옮긴이)라는 단어 들이 가득 적혀 있었지만, 미사여구를 제외하면, 내가 미국인이라서 훈장을 받았다는 내용이었다. 비록 내가 다른 이방인에 비해서는 친구였지만, 그들의 태도는 약간 달라졌다. 나는 친구 관계로 지냈지만, 그들이 신문 기사를 본 뒤로 나는 절대로 그들 중 한 명이 될 수 없었다. 왜냐하면 나는 그들과 달랐고, 그들은 훈장을 얻기 위해 다른 일들을 했기 때문이다. 내가 부상을 입었고 그것은 틀림없는 사실이었다. 하지만 부상을 입는 것은 결국 사고에 지나지 않는다는 사실을 우리는 다들 알고 있다. 나는 훈장 리본들을 받은 것을 한 번도 부끄럽게 생각한 적이 없었다. 때로 저녁을 먹기 전 오후에 다른 사람들이 훈장을 얻기 위해 했던 일들을 나 자신이 직접 해 보는 모습을 상상해 보았다. 하지만 밤에 차가운 바람을 맞으면서, 되도록 가로등 불에 가깝게 붙어서, 가게 문이 닫힌 텅 빈 거리를 걸어가면서 생각해 보았을 때, 나라면 절대 그렇게 하지 못했으리라는 생각이 들었다. 나는 죽는 것이 무척 겁났으며, 밤에 침대에 혼자 누워 있을 때면 죽는 것이 두려웠고, 전선으로 다시 돌아가면 어떻게 될 것인지 자주 생각했다.

훈장을 받은 셋을 사냥매와 같았다. 나는 매가 아니었지만, 사냥이라는 걸 한 번도 해 보지 않은 사람들 눈에는 나도 매처럼 보일 것이다. 그들 세 사람은 서로를 더욱 잘 알고 있었고, 우리는 결국 헤어졌다. 하지만 나는 처음 전선에 나갔다가 부상을 입은 소년과는 계속 좋은 친구 관계를 유지했다. 왜냐하면 그는 자신이 앞으로 어떤 사람이 될 것인지를 전혀 몰랐기 때문이다. 절대 받아들여지지 않을지도 몰랐다. 하지만 나는 그 소년이 좋았다. 어쩐지 사냥매와 같은 사람은 되지 않을 것이라고 생각했기 때문이다.

뛰어난 펜싱 선수였던 소령은 용기란 것은 존재하지 않는다고 생각했고, 나의 문법을 고쳐 주면서 많은 시간을 보냈다. 그는 나의 이태리어 발음을 칭찬했고, 우리는 아주 능숙하게 함께 대화를 나눴다. 어느 날, 나는 이태리어가 아주 쉬워서 별로 흥미가 생기지 않는다고 말했다. 이태리어로 말하기란 아주 쉽다고 했다.

"아, 그런가요?"

소령이 말했다.

"그럼, 문법을 한번 공부해 보는 게 어떨까요?"

그래서 우리는 문법을 파고들기 시작했다. 그러자 이태리어가 갑자기 어려워져서, 나는 머릿속에 문법이 확실히 잡히기 전에는 그에게 말하는 것을 주저하게 되었다.

소령은 병원을 꼬박꼬박 찾아왔다. 기계들이 치료에 도움이 된다고 생각하지 않는 게 분명했지만, 하루도 거르지 않고 병원을 찾아왔다. 기계가 치료에 도움이 된다는 사실을 아무도 믿지 않을 때가 있었고, 소령도 하루는 기계가 죄다 아무런 소용이 없다고 말했다. 그때 새로운 기계들이 나왔고, 기계가 새롭다는 사실을 증명하는 사람은 다름 아닌 바로 우리들이었다. 어리석은 짓이라고 그는 말했다.

"뭐, 또 하나의 이론이지."

나는 문법을 공부하지 않았다. 그는 내가 멍청하고 지독한 망신거리며, 그런 나와 입씨름을 하다니 자신도 바보라고 했다. 그는 키가 작았고, 오른손을 기계에 집어넣은 채 의자에 똑바로 앉아 있었다. 그리고 기계 안의 줄이 손가락을 세게 칠 때, 그는 벽을 똑바로 보며, 정면으로 응시하고 있었다. 기계 안에서는 끈들이 오르락내리락하면서 똑바로 보였다.

"전쟁이 끝나면, 뭘 할 셈이죠? 문법에 맞게 말해요!"

그는 내게 물었다.
"미국으로 돌아가야죠."
"결혼했나요?"
"아니요. 하지만 하고 싶어요."
"더욱 바보 같군요."
그는 말했다. 무척 화난 것처럼 보였다.
"남자는 결혼해서는 안 돼요."
"왜죠? 마지오레 각하."
"나를 마지오레 각하라고 부르지 마세요."
"남자는 왜 결혼하면 안 되죠?"
"결혼할 수 없으니까요. 결혼할 수 없다고요."
그는 화난 목소리로 말했다.
"모든 걸 잃을 작정이라면, 자기 자신을 잃는 상황 속으로 자신을 몰고 가서는 안 돼요. 자기 자신은 잃지 말아야 하지. 자신이 잃을 수 없는 것을 찾아야만 해."
그는 무척 억울하고 화가 난 목소리로 말했고, 말하는 사이에 고개를 똑바로 들고 보았다.
"하지만 그는 왜 결국 잃게 되죠?"
"결국 잃게 될 거야."

소령이 말했다. 그는 벽을 보고 있었다. 그러더니 그는 기계를 내려다보았고, 끈 사이에 있던 그의 손을 홱 잡아챘고, 그 손으로 넓적다리를 세게 쳤다.

"잃게 될 거라고."

그는 거의 고함에 가까운 소리를 질렀다.

"내 말에 토를 달지 마."

그런 뒤, 그는 기계를 조작하는 간병인을 불렀다.

"와서 이 빌어먹을 것을 떼어 놔."

그는 가벼운 치료와 마사지를 받기 위해 다른 방에 다시 들어갔다. 문이 닫히기 전, 나는 그가 의사에게 전화를 한 통 해도 되냐고 묻는 말을 들었다. 그가 방에 돌아왔을 때, 나는 다른 기계에 앉아 있었다. 그는 모자를 쓰고 있었고, 모자를 쓴 채로 내 기계에 바로 와서 내 어깨 위에 손을 올려놓았다.

"미안하네."

그는 성한 손으로 내 어깨를 두드리면서 말했다.

"앞으로는 무례하게 굴지 않도록 하지. 아내가 방금 전에 죽었다네. 날 용서하게."

"아, 정말 유감입니다."

나는 어딘가 토할 것 같은 느낌이 들었다.

그는 아랫입술을 깨문 채 서 있었다.

"받아들이기가 정말 어렵군."

그가 말했다.

그는 나를 똑바로 보았고, 창밖을 내다보았다. 그런 뒤에 그는 눈물을 흘리기 시작했다.

"도저히 받아들일 수가 없군."

그는 말이 잘 나오지 않았다. 그런 뒤에 울면서 머리를 들었지만, 눈은 아무것도 보고 있지 않았다. 그는 양쪽 뺨에 눈물을 흘리면서 입술을 깨물었지만, 군인답게 몸을 똑바로 세우고 있었다. 그는 기계를 지나서 문 밖으로 나갔다.

의사는 내게 소령의 아내가 폐렴으로 죽었다고 했다. 소령의 아내는 아주 젊었으며, 소령이 전쟁 때문에 완전히 환자가 된 후에야 결혼을 했다고 했다. 아내는 며칠만 앓았을 뿐이라고 했다. 누구도 그녀가 죽을 거라고 예상하지 못했다. 소령은 사흘 동안 병원에 오지 않았다. 나흘 째 되던 날 그는 평소에 오던 시간에 병원에 왔다. 소매에 검은 상장을 두른 채였다. 그가 돌아왔을 때 벽에는 액자에 들어간 커다란 사진들이 걸려 있었다. 기계로 치료하기 전과 후의 모습을 찍은 사진들이었다. 소령이 사용하는 기계 앞에는 그의 손과 같은 사진이 세 장 있었다. 나는 의사가 그 사진들을 어떻게 손에 넣었는지를 알지 못한다. 기계를 처음으로 사용한 사람이 우리라는 사실을 나는 알고 있었다. 소령에게 그 사진들은 아무런 의미가 없었다. 창밖만 내다보고 있었기 때문이다.

깨끗하고 밝은 곳

작 품 　 해 설

헤밍웨이의
실존주의 세계관을 이해하다

헤밍웨이는 〈오후의 죽음〉에서 이렇게 적었다.

"자신이 쓰는 것에 관해 잘 알고 있다면, 글에서 어떤 것을 생략할 수 있다. 그래도 작가가 꼭 필요한 만큼 썼다면, 독자들은 작가가 전혀 생략하지 않고 전부 말한 것처럼 강한 느낌을 받을 것이다."

군더더기가 전혀 없는, 간결한 문장들이 헤밍웨이의 이런 생각을 반영한다. 그는 이상적인 글을 수면 위로 드러난 방식에 비유했다. 그렇다면, 물속에 잠긴 빙산은 과연 무엇일까?

  이 작품집에 실린 다섯 편의 단편은 발표된 시기도 다르며, 다루는 주제와 문체도 약간씩 다르다. 그의 작품은 유독 죽음과 고통, 폭력으로 얼룩진 세상을 자세히 묘사한다. 제1차 세계대전(1914~1918)과 제2차 세계대전(1939~1945)이 벌어지던 당시의 시대 상황이 작가에게 영향을 미쳤다고 볼 수 있다. 전쟁에 참전하고, 또 종군기자로 활동하면서, 인간은 폭력으로 얼룩진 세상에 '던져진' 존재라고 느꼈던 것 같다. 그의 작품들에는 실존주의에 가까운 니힐리즘적인 세계관이 담겨 있다. 마치 '전보'를 읽는 것 같은 헤밍웨이의 명확하고, 간결한 문장도 종군기자로 활동하면서 기사를 썼던 그의 체험에서 나온 것으로 볼 수 있다. 대서양을 잇는 케이블로 기사를 보낼 때, 전신 비용을 줄이기 위해 되도록 간결하게 적어야 했기 때문이다.

  〈두 심장을 지닌 큰 강〉(1925)은 닉이 떠난 송어 낚시를 묘사하고 있다. 이틀 동안 닉이 걷고, 텐트치고, 요리하고, 낚시한 일을 적었다. 특이하게도 이 단편에서 닉은 오직 자신이 하는 일과 송어 낚시에만 전념할 뿐이다. 지금 하는 일과 다른 뭔가를 생각하지 않는다. 처음부터 끝까지 닉이 보고 듣고 느낀 구체적인 감각을 중심으로 서술하고 있다.

이처럼 추상적이거나 관념적인 세계보다 구체적인 감각을 중시하는 것은 헤밍웨이 작품의 특징이다. 작품 안에는 닉이 왜 송어 낚시에 전념하는지에 대한 아무런 설명이 없다. 다만, 불타 버린 숲의 검은 나무들과 그곳에서 살아가는 검은 메뚜기들에서 전쟁의 흔적들을 찾아볼 수 있다. 그래서 작품 속의 송어 낚시는 더 이상 일상적인 송어 낚시가 아니다. 낚시에만 전념함으로써 작품 안에서는 언급되지 않은 어떤 것을 잊고, 마음의 안정을 되찾기 위해 몸부림치는 것처럼 보인다. 그것은 전쟁에서 얻은 상처일 수도 있고, 죽은 전우일 수도 있다. 한편, 송어 낚시는《노인과 바다》를 떠올리게도 한다.

〈어느 다른 나라에서〉(1927)는 요양병원에서 지내는, 전장에서 부상당한 군인들의 이야기이다. 작품 전체가 몽환적인 분위기이다. 병원에서는 심한 부상을 입은 군인들이 효과가 의심스러운 기계 치료를 받는데, 의사들도 환자들을 무심하게 대하고, 일상적인 말만 늘어놓는다. 병원은 부상을 치료하는 곳이 아니라, 전쟁에서 지울 수 없는 육체적,

정신적인 상처를 입은 사람들이 남은 일생을 요양하는 곳처럼 보인다. 작품 제목이 나타내듯이 전장에서 부상을 입어서 훈장을 받지만, 외국인인 이런 나를 적대시하는 현지 사람들의 곱지 않은 시선도 다루고 있다. 다리를 심하게 부상당한 화자는 전쟁의 폭력을 몸으로 느끼고, 전장에 다시는 나가지 않아도 되어서 다행이라고 생각한다.

〈살인 청부업자들〉(1927)은 식당에 느닷없이 들이닥친 낯선 두 남자의 이야기이다. 그들은 살인 청부업자들로, 권투 선수였던 올레 안드레손을 죽이기 위해 찾아왔다. 작품 전체가 대화문으로 이어져 있고, 대화를 통해서 등장인물들이 구체적으로 드러난다. 살인 청부업자들이 식당에 있던 사람들과 나누는 대화에서 강한 긴장감이 흐른다. 평온한 일상 아래에 가라앉아 있다가 갑자기 드러난 폭력적인 세계를 닉은 옆에서 지켜보게 된다. 이 사실을 알려 주기 위해 닉은 안드레손에게 찾아가지만, 그는 이미 알고 있다.

한 인간이 무질서하고 폭력적인 세계에 던져져서 결국 죽음을 맞게 되며, 이를 돌이킬 수 없는 모습을 지켜보면서 닉은 세상이 악과 폭력으로 뿌리 깊게 물들어 있다는 사실을 깨닫게 된다.

〈깨끗하고 밝은 곳〉(1933)의 무대인 카페에는 그 전날 자살에 실패한 한 노인이 혼자 늦게까지 남아 있다. 젊은 웨이터는 노인을 냉대하고 무관심하게 대하지만, 나이 든 웨이터는 노인을 이해하고 동정한다.

이 작품은 나이가 들면서 믿음과 확신이 사라지게 될 때 느끼게 되는 무력감과 실존적인 고민을 담았다. 깨끗하고 환한 카페는 이를 견딜 수 있게 해 주는 공간으로 묘사된다. 마지막에 혼자 남은 웨이터가 중얼거리는 주기도문은 '하나님'과 '천국' 대신 무(無)라고 말하면서, 모든 것은 결국 무(無)에 지나지 않는다는 세계관을 나타낸다. "아무것도 존재하지 않는다."는 생각은 니힐리즘으로 20세기 초에 퍼진 사상이다. 하지만 이 단편에서 눈에 띄는 것은 나중에 혼자 남은 웨이터의 태도이다. 그의 태도는 순간적인 쾌락을 쫓고, 인생의 무의미를 주장하는 극단적이고 절망적인 니힐리즘이 아니라, 무의미를 받아들이고 이를 견디면서 새로운 질서를 모색하려고 한다는 점에서 실존주의와 이어진다.

〈킬리만자로의 눈〉(1936)은 평생 글 쓰는 일을 꿈꾸었지만, 편안함과 안락함을 위해서 글 쓰는 일 대신 인생을 즐기고, 부자들과 어울리고, 돈 많은 여자들을 유혹하면서 살아온 주인공이, 다시 글을 쓰기 위해 아프리카에 갔다가 사소한 사고로 결국 죽음을 맞이하는 이야기이다. "신기하게도 통증이 없어졌단 말이야."로 시작하는 첫 문장에서부터 통증과 죽음이라는 주제가 드러난다.

주인공은 우연히 얻은 상처로 괴저가 진행된 바람에 통증을 느끼지 못할 정도로 다리가 썩어 들어가다가 결국 야전침대에 누워서 죽음을 맞게 된다.

작품은 죽기 전에 며칠 동안 누워서, 과거와 현재를 오가는 주인공의 생각을 따라가고 있다. 주인공의 몸 상태는 한편 그의 인생과 닮아 있다. 아무런 통증 없이, 결국 죽음에 이르는, 그는 살면서 여러 일을 보고 겪었지만 매번 글로 쓰기를 미루고, 현실과 타협하면서 하루하루 살아온 주인공과 비슷하다. 정작 죽음을 앞두고서야 자신의 삶을 돌아보지만, 이미 늦은 뒤였다. 약간 도덕적인 이야기로 들리기도 한다. 또한 작품을 다 읽고 나서도 서두에 적힌 킬리만자로의 봉우리에서 표범이 왜, 무엇을 찾다가 얼어 죽었는지는 여전히 의문으로 남는다. 그리고 주인공과 어떤 관련이 있는지도 알 수 없다. 결국 주인공도 표범처럼 살아가다가 죽음을 맞이하게 된다는 이야기인가? 인간도 살고 죽는 것은 동물과 다름없다는 말을 하고 싶었던 것일까?

많은 독자들이 헤밍웨이의 작품이 '남성적'이라고 입을 모아 말한다. 여기에는 작가가 지닌 강인한 이미지도 영향을 미쳤을 것이다. 하지만 과연 '남성적'이라는 것은 정확히 무슨 뜻일까? 예를 들어, 〈어느 다른 나라에서〉나 〈킬리만자로의 눈〉의 주인공은 둘 다 고통과 죽음을 깊이 생각하고, 두려워하며 자신이 진정한 용기를 지니고 있는지를 고민한다. 강인한 '남성적'인 화자라면, 그럴 필요가 없는 것이 아닐까?

이렇듯 단편들을 읽다 보면, 여러 의문이 들지만, 그중에서도 옮긴이로서 궁금한 점은 이것이다. 오늘날 독자들에게 헤밍웨이의 작품은 과연 어떤 의미를 지닐까? 물론 작품의 의미는 독자마다 다르기에 여러 다른 의미를 지닐 것이다. 그렇지만 좀 더 나아가서 이런 질문을 던지고 싶다. 헤밍웨이가 그리는 폭력에 날것으로 노출된 세계와 그 속에서 갈등하는 주인공의 이야기는 오늘날 전쟁을 겪어 보지 않은 채, 평범하게 하루하루를 살아가는 사람들에게 과연 어떤 의미가 있을까? 다시 말해서 제1차 세계대전을 겪은 세대로서 헤밍웨이가 느꼈던 삶의 '부조리'는 과연 오늘날에는 어떤 의미가 있는가? 소위 '고전'으로 불린다고 해서 요즘처럼 빠르게 변화하는 시대를 살아가는 모든 사람에게 보편적인 가치를 전달한다고 보기는 어렵다. 작품의 의미와 평가는 독자마다 달라지듯이, 고전에 속한다는 작품의 가치와 의미도 매 시대마다 다르기 마련이다. 그렇다면, 오늘날을 살아가는 한국 독자들에게 헤밍웨이는 어떤 새로운 의미를 지니고 있는가? 이를 찾는 것은 옮긴이에게도 남은 숙제이며, 독자들과 함께 고민해 보고 싶다.

작 가   연 보

1899년 7월 21일, 미국 시카고 일리노이 주 오크파크에서 태어난다. 야외 활동을 좋아하는 아버지와 음악적 소양이 깊고 신앙심이 두터운 어머니의 영향을 받으며 성장한다. 매년 여름, 미시간에 있는 별장에서 가족과 함께 평화로운 시간을 보낸다. 이러한 가족 분위기는 그의 가치관과 문학성에 많은 영향을 미친다.

1913년 오크파크 고등학교에서 주간지인 〈그네〉의 편집을 맡으며 기사나 단편을 쓴다. 교내 잡지 〈타뷰러〉에도 단편 〈색채의 문제〉 〈매니투의 심판〉 〈세피징겐〉 등을 발표하며 문학성을 발휘하는 한편, 수영과 축구 등 운동선수로도 활약한다.

1917년   고등학교 졸업 후 대학 진학을 포기하고 군대에 지원하지만 아버지의 반대로 단념한다. 대신 숙부의 소개로 〈캔자스시티 스타〉의 수습기자로 입사한다.

1918년   제1차 세계대전 참전을 위해 자원하지만, 권투 연습 중에 다친 눈 때문에 입대가 거부된다. 이탈리아군 소속 적십자 부대의 앰뷸런스 운전사에 지원하지만, 다리에 중상을 입고 밀라노 육군병원에 입원한다. 이 병원에서 미국인 간호사 아그네스와 사랑에 빠진다.

1919년   제1차 세계대전이 끝난 후 고향으로 돌아온다. 아그네스에게 나이가 어리다는 이유로 청혼을 거절당한다.

1920년 〈토론토 스타 위클리〉지와 〈토론토 데일리 스타〉지의 임시 기자를 맡아 잡문기사를 담당한다.

1921년 〈토론토 스타 위클리〉지의 기자로 일한다. 해들리 리처드슨과 결혼하고, 〈토론토 스타 위클리〉지와 〈토론토 데일리 스타〉지의 해외 특파원 자격으로 파리로 건너간다.

1923년 파리에서 첫 소설인 《세 편의 단편과 열 편의 시 (Three Stories and Ten Poems)》를 한정판으로 출간한다. 장남 존 해들리가 태어나고, 파리에서 계속 소설을 쓰기 위해 〈토론토 데일리 스타〉를 그만둔다.

1924년 파리로 건너가 본격적으로 작가 수업을 시작하고, 새로 창간한 〈트랜스애틀랜틱 리뷰〉지의 편집부에 들어가 제임스 조이스, 도스 패서스 등과 교제한다. 단편집 《우리들의 시대에(In Our Time)》를 출간한다.

1925년 　파리에서 작가 스콧 피츠제럴드를 만나 친분을 쌓았으며, 집필 활동을 계속한다. 미국판《우리들의 시대에》를 출간한다.

1926년 　스콧 피츠제럴드로부터 미국 유수의 출판사 스크리브너즈의 편집자인 맥스웰 퍼킨스를 소개받는다. 그곳에서 장편소설《봄의 분류(The Torrents of Spring)》를 출간한다. 10월에 출간한《태양은 다시 떠오른다(The Sun also Rises)》가 베스트셀러가 되면서 이름을 널리 날리기 시작한다.

1927년 　별거 중이었던 아내 해들리와 정식으로 이혼하고, 〈보그〉지의 파리 주재 기자이며, 세인트루이스 출신인 폴린 파이퍼와 재혼한다. 두 번째 단편집인《여자 없는 남자들(Men Without Women)》을 출간한다.

1929년 　〈스크리브너즈〉지에서 연재한 작품《무기여 잘 있거라(A Farewell to Arms)》가 단행본으로 출간된다. 이 작품은 네 달 동안 무려 8만 부가 팔리며 상업적, 문학적으로도 인정받는다.

1932년 투우를 소재로 한 논픽션 《오후의 죽음(Death in the Afternoon)》이 출간된다.

1933년 세 번째 단편집 《승자에겐 아무것도 주지 마라(Win-ner Take Nothing)》가 출간된다.

1934년 〈코스모폴리탄〉지에 《부자와 빈자(To Have and Have Not)》 제1부 〈어느 도항〉을 발표한다.

1935년 〈스크리브너즈〉지에 아프리카 여행기를 연재하고 《아프리카의 푸른 언덕(Green Hills of Africa)》이라는 제목으로 출간한다.

1936년 〈코스모폴리탄〉지에 《부자와 빈자》의 제2부 〈상인의 귀환〉을 발표한다. 〈에스콰이어〉지에 아프리카 여행을 배경으로 한 단편 〈킬리만자로의 눈(The

Snows of Kilimanjaro)〉을, 〈코스모폴리탄〉지에 〈프랜시스 매콤버의 짧고 행복한 생애(The Short Happy Life of Francis Macomber)〉를 발표한다.

1937년 북미신문연합인 NANA 통신의 특파원 자격으로 스페인에 파견되어 내전을 취재한다. 스페인 내란에 대한 저술 및 강연을 통해 모금 활동을 해 4만 달러를 개인적으로 정부에 지원한다. 스페인에서 영화 〈스페인의 대지〉 제작에 참여하고, 정부군에 소속해 프랑스 작가 앙드레 말로를 만난다. 8월에 다시 스페인 마드리드로 넘어가 희곡 〈제오열〉을 집필하고, 그 무렵 〈콜리어스〉지의 특파원으로 마드리드에 머물던 여류 작가 마사 겔혼과 사랑에 빠진다. 10월, 《부자와 빈자》를 출간한다.

1940년 뉴욕의 시어터길드에서 희곡 〈제오열〉이 공연된다. 6월에 《제오열(The Fifth Column)》이 단행본으로 출간된다. 10월에 출간한 《누구를 위하여 종은 울리나(For Whom the Bell Tolls)》가 이듬해까지 약 50만 부가 판매되고 품절 사태가 벌어지는 기록을 세우며 베스트셀러가 된다. 폴린과 이혼하고 마사 겔혼과 세 번째 결혼을 한다.

1942년   전쟁 이야기를 담은 《전장의 인간(Men at War)》을 편집한다.

1944년   1943년에 〈콜리어스〉지의 특파원 자격으로 유럽의 전쟁을 취재한다. 런던에서 신문기자이자 특파원인 메리 웰시를 만난다.

1945년   메리와 함께 탄 자동차가 사고를 당해 크게 다친다. 세 번째 부인인 마사와 이혼하고, 다음 해 메리 웰시와 네 번째 결혼을 한다.

1950년   10년 만에 《강을 건너 숲 속으로(Across the River and Into the Trees)》를 출간했으나 혹평을 받는다.

1952년   〈라이프〉지 9월 호에 《노인과 바다(The Old Man

and the Sea)》 전문을 싣고, 단행본으로 출간한다. 출간과 동시에 엄청난 호평을 받는다.

1953년 《노인과 바다》로 퓰리처상을 수상한다.

1954년 아프리카 우간다에서 비행기 사고를 당해 구조용 비행기로 옮겨지던 중 또 사고가 나 그가 사망했다는 뉴스가 보도된다. 간신히 목숨을 건졌지만 노벨문학상 수상 영예에도 시상식에는 참석하지 못한다.

1961년 우울증, 알코올중독, 고혈압, 편집증에 시달리다, 자택에서 엽총에 의한 자살로 보이는 의문의 죽음으로 생을 마감한다.

1964년 유작 《움직이는 축제일(A Moveable Feast)》이 출간된다.

1970년 유작 《해류 속의 섬들(Islands in the Stream)》이

출간된다.

1972년 유작《닉 애덤스 이야기(Nik Adams Stories)》가 출간된다.

1985년 유작《위험한 여름(The Dangerous Summer)》이 출간된다.

1986년 유작《에덴동산(The Garden of Eden)》이 출간된다.

1987년 《어니스트 헤밍웨이 단편 전집(The Complete short Stories of Ernest Hemingway)》이 출간된다.

1999년 헤밍웨이의 아들 패트릭이 편집한 허구적 자서전 《여명의 진실(True at First Light)》이 출간된다.

옮긴이 구자언

서강대학교에서 영문학 학사와 석사를 마치고, 연세대학교에서 박사 과정을 수료했다. 한성대학교에서 강의했고, 19세기 영국소설과 영화에 관한 논문들을 발표했다. 현재 꾸준한 번역 활동을 하고 있으며, 번역서로는 《악마의 덧셈》《존 카터: 화성의 신》《피터 래빗 시리즈》가 있다.

깨끗하고 밝은 곳 헤밍웨이 단편선

개정 1쇄 펴낸 날 2021년 1월 30일

지 은 이   어니스트 헤밍웨이
옮 긴 이   구자언
펴 낸 이   장영재
펴 낸 곳   (주)미르북컴퍼니
자 회 사   더클래식
전   화   02)3141-4421
팩   스   02)3141-4428
등   록   2012년 3월 16일(제313-2012-81호)
주   소   서울시 마포구 성미산로32길 12, 2층 (우 03983)
E-mail   sanhonjinju@naver.com
카   페   cafe.naver.com/mirbookcompany

* (주)미르북컴퍼니는 독자 여러분의 의견에 항상 귀 기울이고 있습니다.
* 파본은 책을 구입하신 서점에서 교환해 드립니다.
* 책값은 뒤표지에 있습니다.

1 | 노인과 바다 | 어니스트 헤밍웨이
   1953년 퓰리처상 수상작 / 1954년 노벨문학상 수상작 / 미국대학위원회 선정 SAT 추천도서

2 | 동물 농장 | 조지 오웰
   미국대학위원회 선정 SAT 추천도서 / 〈타임〉지 선정 현대 100대 영문소설
   한국 문인이 선호하는 세계명작소설 100선 / 서울시 교육청 추천도서
   논술 및 수능에 출제된 책(1998~2005)

3 | 어린 왕자 | 앙투안 드 생텍쥐페리
   전 세계 1억 부 이상 판매 기록 / 16개국 언어로 번역

4 | 사람은 무엇으로 사는가(톨스토이 단편선 1) | 레프 니콜라예비치 톨스토이
   영어권 문학가들이 가장 좋아하는 작가 / 전 세계 거의 모든 언어로 번역된 필독서

5 | 검은 고양이(포 단편선) | 에드거 앨런 포
   포 최고의 미스터리 세계를 보여 준 호러 문학의 걸작

6 | 예언자 | 칼릴 지브란
   '현대의 성서'로 불리는 책

7 | 젊은 베르테르의 슬픔 | 요한 볼프강 폰 괴테
   세기의 철학가와 문인들의 찬사를 받은 대표작

8 | 독일인의 사랑 | 프리드리히 막스 뮐러
   잊히지 않는 낭만적 사랑의 향기 / 독일 낭만주의 시인 막스 뮐러의 유일 순수문학 작품

9 | 이방인 | 알베르 카뮈
   노벨 연구소 선정 최고의 세계문학 100선 / 1957년 노벨문학상 수상작
   대한민국 명사 101인의 대표 추천작 / 연세대학교 필독도서 / 미국대학위원회 선정 SAT 추천도서
   〈타임〉지 선정 세상을 움직인 책 100권

10 | 데미안 | 헤르만 헤세
    노벨문학상 수상 작가 / 20세기 일대 센세이션을 일으킨 성장 소설의 고전
    서울시 교육청 추천도서

11 | 그리스인 조르바 | 니코스 카잔차키스
미국대학위원회 선정 SAT 추천도서 / 한국간행물윤리위원회 선정추천도서
한국출판인회의 출판인이 선정한 100권의 도서

12 | 위대한 개츠비 | 프랜시스 스콧 피츠제럴드
〈타임〉지 선정 현대 100대 영문소설 / 어니스트 헤밍웨이가 인정한 완벽한 일급 작품
20세기 100대 영문소설 1위 / 미국대학위원회 선정 SAT 추천도서 / 뉴욕 공립도서관 추천도서
대한민국 명사 101인의 대표 추천작 / WTO 북클럽 추천도서

13 | 도리언 그레이의 초상 | 오스카 와일드
미국대학위원회 고교 추천도서 101 / 대한민국 명사 101의 대표 추천작

14 | 벨 아미 | 기 드 모파상
모파상의 가장 매력적이고 파격적인 작품 / 19세기 파리를 뒤흔든 파격 스캔들
2012년 개봉한 영화 〈벨 아미〉 원작

15 | 이상한 나라의 앨리스 | 루이스 캐럴
난센스와 판타지의 대표작 / 아카데미 '미술상' 수상한 영화의 원작
19세기 가장 유명한 영국 아동문학 작가

16 | 두 도시 이야기 | 찰스 디킨스
영국이 낳은 가장 위대한 소설가 / 영화 〈다크나이트〉의 모티프
미국대학위원회 선정 SAT 추천도서 / 서울시 교육청 선정 청소년 필독도서

17 | 햄릿 | 윌리엄 셰익스피어
대한민국 명사 101인의 대표 추천작 / 서울대학교 권장도서 100선 / 서울대학교 동서고전 200선
연세대학교 필독도서 / 미국대학위원회 선정 SAT 추천도서 / 국립중앙도서관 선정 청소년 권장도서

18 | 오페라의 유령 | 가스통 르루
4대 뮤지컬 〈오페라의 유령〉 원작 소설 / 프랑스 최고 추리소설 작가

19 | 1984 | 조지 오웰
〈타임〉지 선정 세상을 움직인 책 100권 / 〈텔레그라프〉지 완벽한 도서관을 위한 권장도서 100
세계 3대 디스토피아 미래 소설 / 〈가디언〉지 권장도서 / 뉴욕 공립도서관 추천도서
하버드 대학생이 가장 많이 산 책 1위

20 | 수레바퀴 아래서 | 헤르만 헤세
대한민국 명사 101인의 대표 추천작 / 헤르만 헤세의 사춘기 시절 경험을 바탕으로 한 자전적 소설
노벨문학상 수상 작가 / 국립중앙도서관 선정 청소년 권장도서

21 22 23 | 안나 카레니나 1~3 | 레프 니콜라예비치 톨스토이
톨스토이 생애 최고의 리얼리즘 소설 / 서울대학교 권장도서 100선 / 서울대학교 동서고전 200선
연세대학교 필독도서 / 미국대학위원회 선정 SAT 추천도서 / 오프라 윈프리 북클럽 권장도서
논술 및 수능에 출제된 책(1998~2005)

24 | 오즈의 마법사 1 - 오즈의 위대한 마법사 | 라이먼 프랭크 바움
미국대학위원회 선정 SAT 추천도서 / 연세대학교 필독도서 / 국립중앙도서관 선정 우수 번역서

25 │ 리어 왕 │ 윌리엄 셰익스피어
대한민국 명사 101인의 대표 추천작 / 서울대학교 권장도서 100선 / 연세대학교 필독도서
미국대학위원회 선정 SAT 추천도서 / 〈가디언〉지 권장도서 / 세인트존스 대학교 권장도서
논술 및 수능에 출제된 책(1998~2005)

26 27 28 29 30 │ 레 미제라블 1~5 │ 빅토르 위고
저명한 문학비평가들이 극찬한 세기의 걸작 / WTO 북클럽 추천도서
2013년 개봉한 영화 〈레 미제라블〉의 원작 / 전자책 베스트셀러 1위(2013)

31 │ 월든 │ 헨리 데이비드 소로
미국대학위원회 고교추천도서 101 / 미국대학위원회 선정 SAT 추천도서

32 │ 겨울 왕국(안데르센 단편선 1) │ 한스 크리스티안 안데르센
어린이문학에 꽃을 피운 불멸의 작가 / 세계를 움직인 100권의 책 선정
노벨 연구소 선정 세계 100대 문학 작품

33 │ 오만과 편견 │ 제인 오스틴
서울대학교 동서고전 200선 / 연세대학교 필독도서 / 세인트존스 대학교 권장도서
〈텔레그라프〉지 완벽한 도서관을 위한 권장도서 100 / 〈가디언〉지 권장도서
미국대학위원회 선정 SAT 추천도서 / 국립중앙도서관 선정 청소년 권장도서

34 │ 로미오와 줄리엣 │ 윌리엄 셰익스피어
서울대학교 동서고전 200선 / 미국대학위원회 선정 SAT 추천도서
칼리지보드 선정 고교생 필독서 101권

35 │ 바람이 분다 │ 호리 다쓰오
미야자키 하야오의 애니메이션 영화 〈바람이 분다〉 원작

36 │ 맥베스 │ 윌리엄 셰익스피어
서울대학교 권장도서 100선 / 연세대학교 필독도서 / 미국대학위원회 선정 SAT 추천도서
국립중앙도서관 선정 청소년 권장도서

37 │ 신곡 – 인페르노(지옥) │ 단테 알리기에리
서울대학교 권장도서 100선 / 국립중앙도서관 선정 청소년 권장도서
미국대학위원회 선정 SAT 추천도서 / 〈뉴스위크〉지 선정 100대 명저

38 │ 외투·코(고골 단편선) │ 니콜라이 바실리예비치 고골
러시아 사실주의 문학의 지평을 연 작품

39 │ 인간 실격 │ 다자이 오사무
교육과학기술부 산하 사단법인 한국교육지원회 선정 아침독서 10분 운동 필독서
영화 평론가 이동진 추천도서

40 │ 마지막 잎새(오 헨리 단편선) │ 오 헨리
서울대학교·연세대학교 추천도서 / 서울시 교육청 추천도서
EBS 주최 북퀴즈 왕 선발 추천도서

41 │ 오즈의 마법사 2 – 환상의 나라 오즈 │ 라이먼 프랭크 바움
　　미국대학위원회 선정 SAT 추천도서

42 │ 좁은 문 │ 앙드레 지드
　　교육과학기술부 산하 사단법인 한국교육지원회 선정 아침독서 10분 운동 필독서

43 │ 킬리만자로의 눈(헤밍웨이 단편선) │ 어니스트 헤밍웨이
　　국립중앙도서관 선정도서 / 남산도서관 선정도서

44 │ 벤자민 버튼의 시간은 거꾸로 간다(피츠제럴드 단편선 1) │ 프랜시스 스콧 피츠제럴드
　　전미비평가협회 선정 '톱 10 작품', 영화 〈벤자민 버튼의 시간은 거꾸로 간다〉의 원작
　　2013 화제의 영화 〈위대한 개츠비〉 작가, 피츠제럴드 단편선

45 │ 광란의 일요일(피츠제럴드 단편선 2) │ 프랜시스 스콧 피츠제럴드
　　2013 화제의 영화 〈위대한 개츠비〉 작가, 피츠제럴드 단편선

46 │ 천로역정 │ 존 버니언
　　성경 다음으로 많이 읽힌 기독교 3대 고전 중 하나 / 2003년 국립중앙도서관 선정 고전 100선

47 │ 세 가지 질문(톨스토이 단편선 2) │ 레프 니콜라예비치 톨스토이
　　영어권 문학가들이 가장 좋아하는 작가 / 전 세계 거의 모든 언어로 번역된 필독서

48 │ 갈매기(체호프 희곡선 1) │ 안톤 체호프
　　미국대학위원회 선정 SAT 추천도서 / 서울대학교 권장도서 100선

49 │ 개를 데리고 다니는 여인(체호프 단편선 1) │ 안톤 체호프
　　서울대학교 동서고전 200선 / 노벨 연구소 선정 세계문학 100선

50 │ 귀여운 여인(체호프 단편선 2) │ 안톤 체호프
　　노벨 연구소 선정 세계문학 100선

51 │ 폭풍의 언덕 │ 에밀리 브론테
　　서울대학교 · 연세대학교 · 고려대학교 권장도서
　　1940 아카데미 상 최우수작 지명 〈폭풍의 언덕〉 원작

52 │ 지킬 박사와 하이드 │ 로버트 루이스 스티븐슨
　　2004 한국 문인이 선호하는 세계 명작 소설 100선 / 브로드웨이 뮤지컬 역사상 가장 아름다운
　　스릴러 / 〈지킬 앤 하이드〉 원작

53 │ 바냐 아저씨(체호프 희곡선 2) │ 안톤 체호프
　　서울대학교 권장도서 100선 / 노벨문학상 수상자 네이딘 고디머, 앨리스 먼로의 표본

54 55 │ 이솝 이야기 1~2 │ 이솝
　　어린이독서위원회, 서울 독서교육연구회 권장도서

56 │ 오즈의 마법사 3 – 오즈의 오즈마 공주 │ 라이먼 프랭크 바움
　　미국대학위원회 선정 SAT 추천도서

57 | 주홍색 연구(셜록 홈스 시리즈 1) | 아서 코난 도일
영국 BBC 제작, KBS 방영 〈셜록〉의 원작 / 대한민국 대표 추리 소설가 백휴의 작품해설 수록

58 | 네 개의 서명(셜록 홈스 시리즈 2) | 아서 코난 도일
영국 BBC 제작, KBS 방영 〈셜록〉의 원작 / 대한민국 대표 추리 소설가 백휴의 작품해설 수록

59 | 배스커빌 가의 개(셜록 홈스 시리즈 3) | 아서 코난 도일
영국 BBC 제작, KBS 방영 〈셜록〉의 원작 / 대한민국 대표 추리 소설가 백휴의 작품해설 수록

60 | 공포의 계곡(셜록 홈스 시리즈 4) | 아서 코난 도일
영국 BBC 제작, KBS 방영 〈셜록〉의 원작 / 대한민국 대표 추리 소설가 백휴의 작품해설 수록

61 | 페스트 | 알베르 카뮈
노벨문학상 수상 작가 / 1947년 프랑스 비평가상 수상 / 서울대학교 권장도서 100선

62 | 무기여 잘 있거라 | 어니스트 헤밍웨이
노벨문학상 수상 작가 / 〈타임〉지가 뽑은 20세기 최고의 문학 100선
미국 대학 위원회 선정 SAT 추천 도서 / 서울대학교 권장도서 200선

63 | 야간 비행 | 앙투안 드 생텍쥐페리
1931년 페미나 문학상 수상 / 작가의 경험이 들어간 직업 소설

64 | 톰 소여의 모험 | 마크 트웨인
미국 현대문학의 효시 마크 트웨인의 대표작 / 일본 후지TV 애니메이션 〈톰 소여의 모험〉 원작

65 | 프랑켄슈타인 | 메리 셸리
오늘날 SF소설의 선구 / 과학기술이 야기하는 사회적, 윤리적 문제를 다룬 최초의 소설

66 | 마음 | 나쓰메 소세키
서울대 권장도서 100선 / 일본의 셰익스피어 나쓰메 소세키의 대표작

67 | 노예 12년 | 솔로몬 노섭
2014 아카데미 시상식 3관왕 〈노예 12년〉 원작 / 노예 해방의 도화선이 된 작품

68 | 성냥팔이 소녀(안데르센 단편선 2) | 한스 크리스티안 안데르센
SBS 드라마 〈신의 선물—14일〉 메인 테마 도서 / 어린이문학에 꽃을 피운 불멸의 작가

69 70 | 제인 에어 1~2 | 샬럿 브론테
150년간 사랑받은 로맨스 소설의 고전 / 미국 대학위원회 선정 SAT 추천도서
영국 〈가디언〉이 선정한 세계 100대 최고의 소설 / 연세대학교 권장도서
영국 BBC 조사 영국인들이 가장 사랑하는 소설 100선 / 현대 여성들이 가장 사랑하는 필독서

71 | 예수의 생애 | 찰스 디킨스
2014년 개봉 〈선 오브 갓〉 원작 / 종교철학자 헤겔의 사상을 만든 고전
대문호 찰스 디킨스의 숨은 명작

72 | 싯다르타 | 헤르만 헤세
대한민국 명사 시인 장석남이 강력 추천한 작품 / 출간과 동시에 10만 부가 넘게 팔린 역작
진정한 자아를 깨닫기 위해 늘 고민하던 헤르만 헤세의 자전적 소설

73 | 신곡-연옥 | 단테 알리기에리
서울대 권장도서 100선 / 미국대학위원회 선정 SAT 추천도서
국립중앙박물관 선정 청소년 권장도서 / 〈뉴스위크〉 선정 100대 명저

74 75 | 테스 1~2 | 토머스 하디
미국 영국 BBC 선정 영국인이 사랑한 책 100선 / 서울대 추천 고등학생 권장도서 100선

76 | 신데렐라(샤를 페로 단편선) | 샤를 페로
프랑스 아동 문학의 아버지 / 영화 〈말레피센트〉원작

77 | 미녀와 야수(보몽 단편선) | 쟌 마리 르 프랑스 드 보몽
변신 모티프의 전형을 완성 / 미야자키 하야오와 디즈니 애니메이션 원작

78 79 80 | 웃는 남자 1~3 | 빅토르 위고
빅토르 위고가 최고로 자부한 걸작 / 출간 당시 전 유럽을 충격에 빠트린 문제작
뮤지컬, 영화 등 여러 매체로 알려진 〈웃는 남자〉의 원작
한국간행물윤리위원회 선정 청소년 권장도서(2007)

81 | 마담 보바리 | 귀스타브 플로베르
사실주의 문학의 거장 귀스타브 플로베르의 대표작 / 서울대학교 추천 도서 100선
외설적이라는 이유로 19세기 교황청 금서목록에 선정된 작품 / 〈뉴스위크〉지 선정 100대 명저

82 | 별(도데 단편선 1) | 알퐁스 도데
자연주의와 인상주의의 절묘한 조화 / 서정적인 감수성과 아름다운 문체
부산시 교육청 선정 중학생 권장도서 / 포스코 교육재단 선정 중학생 필독도서

83 | 보이첵(뷔히너 단편선) | 게오르그 뷔히너
세계 최초로 한국에서 뮤지컬화 된 〈보이첵〉의 원작
시대를 폭로하는 천재 작가의 현실감 넘치는 작품

84 | 오셀로 | 윌리엄 셰익스피어
셰익스피어 4대 비극 중 하나 / 〈뉴스위크〉 선정 100대 명저 / 서울대학교 권장도서 100선

85 | 변신(카프카 단편선) | 프란츠 카프카
소외된 인간이었던 작가의 갈등과 고독을 반영 / 서울대 추천도서 100선 / 명사 101명이 추천한 파워클래식

86 | 피노키오 | 카를로 콜로디
월트 디즈니 인생 최고의 애니메이션으로 재탄생
스티븐 스필버그 감독의 2001년작 〈A.I〉의 모티브 / 260개 언어로 번역된 교훈적 내용

87 | 세상을 보는 지혜 | 발타자르 그라시안 · 쇼펜하우어
세기를 아우르는 저명한 철학자가 쓰고 철학자가 옮긴 대표적인 작품
세상을 살아가는 데 꼭 필요한 빛나는 지혜를 전수해 주는 인생 처세서

88 | 마지막 수업(도데 단편선 2) | 알퐁스 도데
중·고등학교 국어 교과서 수록 작품 / 교육청 선정 청소년 권장도서 100선

89 | 키다리 아저씨 | 진 웹스터
출간 이래 100년 동안 사랑받아 온 스테디셀러 / 세상의 편견을 뛰어넘은, 편지 형식 소설의 대명사

90 | 키다리 아저씨 2 —그 후 이야기 | 진 웹스터
미국·일본·한국에서 2차 창작된 작품의 속편 / 여성의 대외 활동을 고양시킨 사회적 걸작

91 92 93 | 피터 래빗 이야기 1~3 | 베아트릭스 포터
세상에서 가장 사랑받는 토끼 이야기 / 자연 보호와 동물 존중 사상이 담긴 작품

94 95 | 드라큘라 1~2 | 브램 스토커
지금까지 가장 많은 동명의 영화로 제작된 고딕 소설의 대명사
2004년 뮤지컬로 만들어져 브로드웨이 초연 이후 세계 각국에서 사랑 받아온 작품

96 97 98 99 | 카라마조프가의 형제들 1~4 | 표도르 도스토옙스키
신·종교, 삶·죽음, 사랑·욕망 등 인간 내면의 본성의 문제를 다룬 작품
정신분석학자 프로이트가 꼽은 세계문학사 3대 걸작 중 하나

100 | 하늘과 바람과 별과 시 | 윤동주 (양승갑 영작)
요절한 천재 민족 시인의 유고시집 / 대중성과 문학성을 겸비한 시인 김경주 추천작

101 | 정글북 | 러디어드 키플링
영미권 작품 최초, 최연소 노벨문학상 수상작 / 정글의 생명력을 담은 자연친화적 작품
가의 아버지 존 록우드 키플링이 직접 그린 삽화 및 기타 삽화가들 그림 삽입

102 | 거울나라의 앨리스 | 루이스 캐럴
난센스와 판타지의 대표작 《이상한 나라의 앨리스》 속편
거울 속으로 떠난 앨리스의 두 번째 모험 이야기

103 | 마테오 팔코네(메리메 단편선) | 프로스페르 메리메
프랑스 단편소설의 거장 메리메의 대표 단편선 / 비제의 오페라 〈카르멘〉의 원작자

104 | 빨강머리 앤 | 루시 모드 몽고메리
캐나다의 대표적인 소설가 몽고메리의 데뷔작 / 서울시 교육청 선정 청소년 권장도서
KBS TV '책을 말하다' 추천도서 / 일본 후지 TV 애니메이션 〈빨강머리 앤〉 원작

105 | 삶이 그대를 속일지라도(푸시킨 시선집) | 알렉산드르 푸시킨
러시아 리얼리즘 문학의 선구자이자 러시아 국민시인 푸시킨의 대표 시선집

106 | 도련님 | 나쓰메 소세키
일본의 셰익스피어 나쓰메 소세키를 인기 작가 반열에 올린 작품
'책으로 따뜻한 세상 만드는 교사들(책따세)' 권장도서
서울시 교육청 '청소년을 위한 고전 콘서트' 도서 / 서울대학교 지정 수능필독도서

107 | 은하철도의 밤 (겐지 단편선) | 미야자와 겐지
일본이 가장 사랑하는 동화작가 미야자와 겐지의 대표 단편선
일본 후지 TV 애니메이션 〈은하철도 999〉의 모티브

108 | 자기만의 방 | 버지니아 울프
20세기 페미니즘 비평의 선구자 버지니아 울프의 수필집
국립중앙도서관 선정 권장도서 / 서강대학교 권장도서 100선

109 | 플랜더스의 개 (위다 단편선) | 위다(매리 루이스 드 라 라메)
멜로 드라마풍의 작품으로 유명한 영국의 아동문학가
서울시 교육청 선정 청소년 권장도서 / 일본 후지 TV 애니메이션 〈플랜더스의 개〉 원작

110 | 크리스마스 캐럴 | 찰스 디킨스
셰익스피어와 함께 영국을 대표하는 작가 찰스 디킨스의 중편소설
'책으로 따뜻한 세상 만드는 교사들(책따세)' 권장도서

111 | 탈무드
5000년에 걸친 유대인의 지혜가 담긴 책 / 서울대학교 지정 수능필독도서
포스코 교육재단 선정 초등학교 필독도서 / 경북교육청 선정 청소년 권장도서
백인제기념도서관 교양도서

112 | 호두까기 인형 | 에른스트 호프만
1892년 차이코프스키 발레 호두까기인형의 원작소설
2018 디즈니 애니메이션 호두까기 인형과 4개의 왕국의 원작소설

113 114 | 곰돌이 푸 1~2 | 앨런 알렉산더 밀른
2018 영화 '곰돌이 푸 다시만나 행복해' 원작 동화 / 곰돌이 푸가 건네는 따뜻한 감성 메시지

115 | 인형의 집 | 헨릭 입센
여성 평등을 그린 선구자적인 작품 / 페미니즘 희곡의 대명사 / 노벨연구소 선정 세계 100대 문학

* 더클래식 세계문학 컬렉션은 계속 출간될 예정입니다.